Inhalt:

Ich habe es angekündigt: sobald sich während der Corona-Pandemie etwas Spektakuläres oder Katastrophales ereignen sollte, werde ich einen zweiten Teil meines Buches „Bitte 1,5 Meter Abstand halten" schreiben.

Es ist so weit. Es hat ein Ereignis gegeben, das ich unter der Rubrik „Katastrophe" einordnen möchte.

Ich wünschte, es wäre anders gekommen und wir hätten die Pandemie besiegt.

Aber nein. Das Virus treibt weiter sein Unwesen. Weltweit.

Wie sich die Lage von August 2020 bis August 2021 in der Welt, in Deutschland, speziell auch in NRW entwickelt hat, wird dokumentarisch, sehr persönlich und amüsant in einem weiteren Tagebuch festgehalten.

Es ist und bleibt ein historisches Ereignis.

Die Autorin:

Irmela Hauffe ist 1954 in Duisburg geboren und wohnt im Rheinland.

Sie ist freischaffende Künstlerin und Autorin.

Bibliografische Information der Deutschen Nationalbibliothek: Die Deutsche Nationalbibliothek verzeichnet diese Publikation in der Deutschen Nationalbibliografie; detaillierte bibliografische Daten sind im Internet über dnb.dnb.de abrufbar.

© 2021 Irmela Hauffe
Herstellung und Verlag: BoD – Books on Demand, Norderstedt
ISBN 9783754322079

Cover: iStock-Photo

Gestaltung: Christopher Hauffe

IRMELA HAUFFE

BLEIB NEGATIV

MUND AUF, AUGEN ZU, STÄBCHEN REIN

CORONA-CHRONIK IM JAHR 2021

Die zweite Welle

Das Corona-Virus ist noch immer unter uns. Schon seit einem halben Jahr treibt es sein Unwesen. Das hat es noch nie gegeben, dass weltweit die Menschen über so viele Monate von einer Pandemie betroffen sind. Nicht ein einziges Land ist verschont geblieben. Lediglich ein paar wenige kleine Inseln im Pazifik blieben Corona-frei.

Das Jahr 2020 ist nicht nur ein Jahr der Pandemie, es ist auch ein Wespenjahr. Der milde Winter ist Grund für die massive Vermehrung. Die kleinen Biester sind in diesem Sommer besonders zahlreich und aggressiv. Ob sie auch ein böses Virus in sich tragen? Und parallel dazu geht es in der Welt-Politik weiter.

19.August 2020.
Joe Biden wird von den Demokraten offiziell zum Präsidentschaftskandidaten gekürt. Der 77-jährige fordert den amtierenden Präsidenten und Republikaner Donald Trump heraus.

In den USA beginnt der Wahlkampf. In diesem Jahr finden zum ersten Mal in der Geschichte der Vereinten Nationen die meisten Wahlkundgebungen jedoch nur virtuell wegen der Corona-Pandemie statt. Das ist blöd für den amtierenden Präsidenten Donald

Trump. Er wäre lieber live bei seinen Anhängern. Er liebt seine Auftritte vor Publikum. Es gibt lediglich zwei Fernsehduelle, bei denen sich die Kandidaten gegenüberstehen. Es ist ein schäbiger Wahlkampf, bei dem sich Trump und Biden eine Schlammschlacht liefern. „Du kannst mich mal. **Ich werde Präsident von Amerika, nicht Du!**", so poltert Trump gegen Biden. Das Publikum ist genervt und enttäuscht. Trump verliert mehr und mehr Einfluss. Er ignoriert die negativen Zahlen. Für ihn steht fest, dass er wiedergewählt wird. Was hat er doch für ein Selbstbewusstsein! Nichts kann ihn erschüttern. Zum engen Kreis seiner Mitarbeiter zählen 60 Berater und 15 Minister. Wenn ein enger Mitarbeiter Kritik an ihm übt, wird er auf der Stelle entlassen. Die Köpfe rollen nur so. Am Ende des ersten Amtsjahres hat Donald Trump bereits ein Drittel der Personen wieder entlassen, die er zuvor in sein Team geholt hat. Na und? Die haben ihn schließlich kritisiert. Selber schuld. Die Wirtschaft ist im Jahr 2020 am Boden, die Pandemie ist außer Kontrolle. Schon 175.000 Tote in den USA bis heute. Das verzeihen ihm viele Amerikaner nicht. Am 3.November wird gewählt. Bis dahin muss Trump alle Hebel in Bewegung setzen, sein Image aufzupolieren und seine Anhänger motivieren, ihn wiederzuwählen.

Doch dann kommt alles anders, als man denkt. Als Donald Trump denkt. Denn der Präsident der Vereinten Nationen erkrankt an Covid-19. Er muss

seinen Wahlkampf abbrechen. Alle seine Auftritte
werden abgesagt. Was für eine Katastrophe.

```
Freitag, der 2.Oktober 2020.
Eilmeldung............Eilmeldung............Eilmeldung
Der US-Präsident Donald Trump hat sich
mit dem Coronavirus infiziert.
Auch die First-Lady Melania und ihr Sohn
sind erkrankt.
```

Das ist die erste Meldung des Tages. Ich sitze gerade
beim Frühstück als ich die Nachrichten verfolge. Ich
mache das Radio lauter, denn ich möchte diese
Meldung noch einmal hören. Vielleicht habe ich
mich ja verhört? Keine fünf Minuten später wird
diese Meldung bestätigt. Ein Auslandskorrespondent
schildert die Ereignisse aus Washington: es gehe dem
Präsidenten gut. *Schade.* Er habe nur leichte
Symptome. *Vielleicht ändert sich das noch?*
Immerhin ist er auf Grund seines Alters und seines
Übergewichts ein Risikopatient. Er befinde sich jetzt
mit seiner Familie in Quarantäne.
Ha! Endlich hat es den Richtigen erwischt.
Soll ich wirklich sagen, was mir noch gerade so durch
den Kopf geht? Schadenfreude ist die schönste
Freude, so sagt man. Eine boshafte Freude über das
Unglück anderer. In dem Fall die Gesundheit von
Donald Trump. Wie sich schnell herausstellt, bin ich
nicht die Einzige, die so denkt. Mir fallen spontan
noch andere Sprichwörter ein:
„Hochmut kommt vor dem Fall."

„Wer im Glashaus sitzt, soll nicht mit Steinen werfen."

Wochenlang hat sich Donald Trump lustig gemacht über die Sicherheitsmaßnahmen zur Eindämmung des Virus. Er selbst trägt selten oder nie eine Atemschutzmaske. Seine Anhänger machen es ihm nach. Natürlich. Wenn ihr Präsident die Vorschriften missachtet, dann wird das seine Gründe haben. Mitten im Wahlkampf macht sich Donald Trump lustig über seinen Herausforderer Joe Biden:

„Ich trage keine Maske wie er - jedes Mal, wenn du ihn siehst, hat er eine Maske. Er könnte 200 Fuß von mir entfernt sprechen und er taucht mit der größten Maske auf, die ich je gesehen habe."

Dabei sein hämisches Grinsen. Tja. Das rächt sich nun.

Freitag, der 2.10.2020.
Donald Trump wird in ein Militärkrankenhaus geflogen. Nur zur Sicherheit.

Diese Meldung lässt mich aufhorchen. Geht es dem Präsidenten etwa schlechter als bisher verkündet wurde? Er ist mit einem Helikopter ins Militärkrankenhaus Walter Reed in Bethesda nördlich von Washington geflogen worden. Dort bekommt er natürlich eine Präsidentensuite mit neun Zimmern und allem Schnickschnack, was ein Präsident so braucht. Ich kann mir vorstellen, dass zahlreiche US-Bürger, die sich auch mit dem

Coronavirus infiziert haben, eine große Wut auf die Sonderbehandlung ihres Präsidenten bekommen. Er hat die besten Ärzte um sich herum, er bekommt alle Medikamente, die er braucht bzw. die in so einem Fall möglicherweise helfen. Trump schluckt alles, bloß um nicht noch schwerer zu erkranken. Zumindest hört man das in den Nachrichten. Ob es stimmt, kann ich nicht beurteilen. Er schluckt auch Medikamente, die noch gar nicht zugelassen sind, von denen die Nebenwirkungen noch gar nicht erforscht sind. Aber Donald Trump scheint nicht zimperlich zu sein. Das ist typisch.

Mit Kanonen auf Spatzen schießen, so beschreibt es ein Virologe.

Das sind die Medikamente, die ihm helfen sollen, gesund zu werden (veröffentlicht von seinen Ärzten): Remdesivir, ein Ebola- Medikament plus ein zusätzlicher, experimenteller Antikörpercocktail namens Regeneron, der die Notfallzulassung bekommen hat. Trump nennt es ein „Wundermittel".

Zusätzlich schluckt er noch Zink, das die Viren träge und mürbe machen soll, Vitamin D, Melatonin gegen Schlafstörung, den Säurehemmer Famotidin gegen Stress und Sodbrennen und täglich eine Tablette Aspirin. Puh. Das ist ganz schön viel.

Ich erinnere mich, dass er im April noch spaßeshalber vorgeschlagen hat, sich Desinfektionsmittel zu spritzen. Das würde sicher auch gegen das Virus helfen. Mindestens ein US-Amerikaner hat es ausprobiert und ist daran gestorben.

Der Präsident lebt in einem wahren Luxus-Krankenhaus. Ich sehe es förmlich vor mir, wie er dort mit seidenem Pyjama und Pantoffeln durch die Gänge schlurft. Oder trägt er Bollerhosen aus Baumwolle? Seine blonde Haartolle ist zerzaust, die Sonnenstudiobräune etwas verblasst. Ehefrau Melania ist nicht an seiner Seite. Sie muss das Bett im Weißen Haus hüten. Eine ganze Etage des Krankenhauses ist nur für Donald Trump reserviert. Barockmöbel, edles Porzellan und Silber auf dem Tisch, frische Blumen überall. Bestimmt wird er von einem eigenen Koch mit fürstlichen Speisen verwöhnt, falls er überhaupt etwas essen möchte. Während die Bevölkerung nicht einmal eine Krankenversicherung hat und sich somit keine Behandlung leisten kann. Viele Menschen sterben einsam und verlassen. Mittlerweile sind es schon 248.000 Tote in den USA seit Beginn der Pandemie. Und es werden täglich mehr.

Nach drei Tagen wird Donald Trump wieder entlassen. Er behauptet, dass er sich besser als vor zwanzig Jahren fühlen würde. Wenn er Corona bezwingen kann, dann können es alle anderen auch. Dazu streckt er seinen Daumen in die Höhe und beklatscht sich selber. Eine Geste, die mittlerweile jeder kennt. Bloß keine Schwäche zeigen, ist seine Devise. Ich habe Zweifel, dass es ihm wirklich schlecht ging. Vielleicht war alles nur Show.

Und wie schaut es in Deutschland aus? Die Sommerferien 2020 sind vorbei. Viele Menschen haben erstmals im eigenen Land ihren Urlaub verbracht und waren überrascht, wie schön unser Land doch ist. Hätten sie das vorher gewusst, hätten sie sich einige Auslandsurlaube sparen können. An vielen Stellen, zum Beispiel an der Ostsee, wurde es so voll, dass Strände gesperrt werden mussten. Es gab sogar wilde Schlägereien um einen Platz am Strand. Ordnungshüter mussten eingreifen und die Strandabschnitte bewachen.

Parkplätze an beliebten Wanderwegen in den Bergen mussten ebenfalls gesperrt werden. Ein Mindestabstand von 1,5 Metern konnte häufig nicht mehr eingehalten werden. Wie im Gänsemarsch sah man die Wanderer hintereinander hermarschieren. Bergauf, bergab. Sehr lustig.

Ich will natürlich auch Urlaub machen. Aber erst, wenn alle Sommerferien in Deutschland beendet sind. Also Mitte/Ende September. Ich buche meinen Urlaub auf einer deutschen Nordseeinsel, Langeoog. Ins Ausland soll man ja nicht fliegen. Fast alle Länder um uns herum sind Corona-Risikogebiete. Die Bundesregierung hat verlauten lassen, dass Menschen, die trotz der Reisewarnung dorthin fahren, nicht auf Kosten der Regierung zurückgeholt werden, so wie es im Frühjahr geschehen ist.

Eine Insel hat den Vorteil, dass das blöde Virus nicht so schnell über das Wasser kommen kann. Noch ist diese Insel Corona-frei! Hoffentlich schleppen die Touristen die Viren nicht hierhin. Es gibt nämlich nur zwei Ärzte mit einer kleinen Praxis, jedoch kein Krankenhaus. In den Praxen werden Husten, Schnupfen und die Inselkrankheit behandelt oder andere Bagatellen. Dringende Fälle werden mit dem Hubschrauber nach Wilhelmshafen geflogen. Aber ist eine Corona-Infektion dringend genug, um einen Hubschraubereinsatz zu rechtfertigen? Das möchte ich nicht testen.

Mein Auto habe ich bereits auf dem Parkplatz am Festland abgestellt. Von hier aus geht es mit dem Schiff weiter. Anders als in der Zeit vor Corona, gibt es vor dem Fahrkartenschalter eine endlos lange Warteschlange. Die Koffer müssen aufgegeben, die Fahrkarten gekauft werden. Zum Glück ist ein zusätzliches Schiff eingesetzt worden, damit der Andrang nicht so groß wird. Auch wenn alle Schulferien vorbei sind, so gibt es doch noch zig Touristen, die gerade jetzt Urlaub machen wollen. Familien mit kleinen Kindern, ältere Menschen, die Ruhe und Erholung suchen, so wie ich. Alle stehen in Reih und Glied mit Mund-Nasenschutzmasken, sind gut gelaunt und besteigen schließlich die Fähre. Auch hier dürfen die Masken nicht abgenommen werden, sonst drohen Geldstrafen. Wie ich es sehen kann, halten sich alle daran. Vorbildlich! Das Schiff legt ab. Es geht los mit frischem Fahrtwind, guter Laune und Sonnenschein. Die letzten Reste der geschmierten Brote kann ich an Deck auspacken und essen. Die salzige Luft macht hungrig. Ich merke sehr schnell, dass dies keine gute Idee ist, denn sofort umkreisen mich zahlreiche hungrige Wespen. Auch sie haben Appetit auf meine Brote. Auch andere Fahrgäste werden von den lästigen Wespen belästigt. Dabei ist die Pflaumenkuchenzeit doch längst vorbei. Normalerweise sind es Möwen, die einen bei der Überfahrt anbetteln und attackieren. In diesem Jahr sind es aggressive Wespen. Also packe ich die Brote wieder in meine Tasche.

Nach einer guten halben Stunde erreichen wir den Hafen von Langeoog. Mit ausreichend Abstand zum Vordermann nehmen wir die kleine Inselbahn mit ihren bunten Waggons, die uns Touristen zum Bahnhof bringt. Das Gedränge beim Holen der Koffer ist jedoch kaum anders als vor Corona. Schließlich will jeder so schnell wie möglich seinen Koffer finden und zur Unterkunft gehen. Spätestens hier hätte das Virus zuschlagen können, aber es ist zum Glück noch nicht angekommen. Jedenfalls nicht mit meinem Schiff. Wenn man es doch bloß sehen könnte, das Virus. Dann wäre alles viel einfacher.

Es fällt mir auf der Insel noch eine Veränderung gegenüber der Zeit vor Corona auf. Ich kann nicht einfach mittags oder abends in ein Restaurant gehen, ich muss meinen Besuch mindesten 1-2 Tage vorher ankündigen und einen Tisch reservieren. In den Restaurants selber stehen die Tische mindestens 1,5 Meter auseinander. Alle Gäste haben reichlich Platz und brauchen sich keine Sorgen wegen einer Ansteckung zu machen. Das Servicepersonal trägt Atemschutzmasken. Es ist alles vorbildlich organisiert. Und am Strand ist sowieso alles problemlos. Ende September mietet kaum jemand noch einen Strandkorb. Dafür sind die Temperaturen schon zu frisch. Alles in allem habe ich mir das perfekte Reiseziel in der Corona-Zeit ausgesucht. Andere haben da nicht so viel Glück.

Im Vergleich zu den Vorjahren sind die Flughäfen in Frankfurt, Köln und Düsseldorf verwaist. Keiner will in ein Corona-Krisengebiet fliegen. Und davon gibt es sehr viele. Also macht jeder das Beste aus der Lage. Die Städte sind wieder voll, die Restaurants werden wieder gut besucht, und die Partyszene blüht auf. Es ist fast wieder so wie vor der Pandemie. Einzige Ausnahme: die Atemschutzmasken. Die müssen weiterhin getragen werden, sobald man ein Geschäft oder ein öffentliches Gebäude betritt. Die Angst, sich mit dem Virus anzustecken, hat abgenommen. Die Schulen sind wieder geöffnet. Mit einem ausgetüfteltem Hygienekonzept dürfen die Schüler alle wieder am Unterricht teilnehmen. Maskenpflicht besteht auf dem gesamten Schulgelände. Einzige Ausnahme: die eigenen Klassenzimmer.

Ich hätte nie gedacht, dass ich mich so schnell an das Tragen einer Atemschutzmaske gewöhnen kann. Im Frühjahr noch haben alle gemault, ich auch. Jetzt ist der Griff zur Maske fast schon normal. Nur mein Makeup verzeiht mir nichts. Ich sehe aus wie ein Geist, wenn ich die Maske absetze, weil die schöne

Farbe zwischen Nase und Kinn ab ist. Aber was soll´s. Es gibt Schlimmeres.

Wir werden alle ein wenig leichtsinnig. Die Zahlen der Infektionen bleiben bisher auf einem niedrigen Niveau. Überall auf den Straßen, Bürgersteigen, Parkplätzen usw. liegen benutzte hellblaue Einweg-Atemschutzmasken auf dem Boden. Sogar auf Waldwegen habe ich sie schon gefunden. Achtlos weggeworfen.

Es erinnert mich an die Zeit, als während der Fußball-WM in Deutschland überall die kleinen Fähnchen mit Deutschlandflagge herumlagen, weil sie von Autos während der Fahrt abgeflogen sind. Nun sind es benutzte Schutzmasken. Wer weiß, wie viele Viren sich darin tummeln? Ich finde es unverantwortlich und rücksichtslos, die Masken einfach so wegzuschmeißen. Wo bleiben denn die Umweltaktivisten, die sonst immer für eine saubere Welt kämpfen? Viel zu viele Menschen sind gedankenlos, bzw. rücksichtslos.

Doch darauf hat das Virus nur gelauert.

Die Virologen haben es schon immer geahnt. Die Zahl der Infektionen steigt langsam wieder an.

Ab Ende September 2020 sind die spätsommerlichen Temperaturen Geschichte. Es wird herbstlich. Je kälter es wird, desto mehr freut sich das Virus. Jetzt kann es so richtig zuschlagen. Täglich steigen die Zahlen an. Erst langsam, dann schneller und schneller, schließlich dramatisch schnell. Es ist von exponentiellem Wachstum die Rede. Davor haben sich unsere Verantwortlichen in der Politik und im Gesundheitswesen am meisten gefürchtet. Denn dann gerät alles außer Kontrolle. Die Krankenhäuser werden nicht mehr alle Patienten versorgen können. Die Infektionsketten können nicht mehr nachvollzogen werden.

Die Zahl der Infizierten steigt so hoch an, dass die Bundesregierung beschließt, den gesamten November im **„Lockdown light"** zu verbringen. Die Geschäfte und Schulen dürfen diesmal aufbleiben, aber die Bevölkerung wird gebeten, ihre Kontakte einzuschränken und nur wirklich wichtige Tätigkeiten auszuüben.

Mittwoch, 28.Oktober 2020.
Angela Merkel gibt eine Presseerklärung zur Lage der Pandemie. „Wir befinden uns in einer dramatischen Lage, die betrifft uns alle."
Kultureinrichtungen, Unterhaltungsbranche und Gastronomie müssen wieder schließen. Die Schulen, Kitas und Geschäfte dürfen aufbleiben.

Vom 1. November an gelten diese Regelungen und sollen erst einmal nur für den November gelten. Vier Wochen sich zurückhalten, das kann doch nicht so schwierig sein. Dann wird sich zeigen, wie sich die Infektionszahlen verändern.

Die erste Woche ist rum, aber die Krankenhäuser füllen sich immer schneller mit Infizierten. Das ist komisch. Die Zahlen der Infektionen gehen täglich in die Höhe, obwohl angeblich alle zu Hause bleiben. Da kann ja was nicht stimmen! Ich vermute, dass überall da, wo es große Protestmärsche von Corona-Leugner gibt, sich die Menschen unkontrolliert und überdurchschnittlich oft anstecken. Denn während dieser Protestzüge werden nur selten Atemschutzmasken getragen. Es wird gegrölt und rumgeschrien. Die Aerosole haben ihre Freude.

Und einen Sicherheitsabstand von 1,5 Metern halten die Demonstranten auch nicht ein.

Ich habe eine richtige Wut auf die Corona-Leugner. Die sind es, die die Corona-Zahlen in die Höhe schießen lassen. Das ist meine Meinung. Von mir aus können sie ja leugnen, was sie wollen, aber sie sollen nicht andere Mitmenschen in Gefahr bringen. Manchmal wünschte ich, die Corona-Leugner sollen sich mal so richtig infizieren und mit Luftnot auf eine Intensivstation kommen. Und dann würde ein Arzt kommen und sagen: „Es tut mir leid. Ich werde Sie nicht behandeln. Sie sind ja selber schuld, dass Sie krank geworden sind. Hätten Sie sich an die Vorschriften gehalten, wären Sie jetzt nicht hier."

Na gut. Ich sehe ein, dass ich nicht so denken darf. Und die Ärzte auch nicht. Aber ich darf so etwas für mich im Stillen denken, oder?

Die Innenminister der Länder verzweifeln. Natürlich möchte niemand einen Lockdown wie im März haben. Die wirtschaftlichen Schäden sind schon jetzt immens hoch. Das will keiner verantworten. Aber sie müssen auf die Virologen hören, die immer stärker unsere Politiker warnen.

Dienstag, der 03.November 2020.
In den Vereinigten Staaten von Amerika finden die Präsidentschaftswahlen statt. Es treten an: der amtierende Präsident Donald Trump und der Demokrat Joe Biden.

Es ist völlig unklar, wer die Wahl gewinnen wird. Donald Trump ist sich jedoch sicher, dass er der Gewinner sein wird. Und falls nicht, dass dann die Wahl manipuliert worden sei. Dann würde er gerichtlich dagegen vorgehen.
Am Mittwochfrüh hört man erste Ergebnisse der Stimmenauszählung, aber es fehlen noch etliche Bundesstaaten. Man rechnet frühestens mit einem Ergebnis Ende November.

Donnerstag, der 26.November 2020.
Das Ergebnis der Präsidentschaftswahl in den USA ist amtlich. Joe Biden ist der Gewinner mit 306 Stimmen gegen 232 Stimmen für Donald Trump.

Das lässt sich Donald Trump natürlich nicht gefallen. Er weigert sich, das Wahlergebnis anzuerkennen. Er zweifelt die Ergebnisse an, spricht von Wahlbetrug und Manipulationen. Seine grimmige Miene wird von Tag zu Tag grimmiger. Trumps Anwälte fordern eine erneute Auszählung in den wichtigsten Bundesstaaten. Aber es bleibt dabei: Donald Trump wird nicht der nächste Präsident der Vereinten Nationen, sondern Joe Biden.

Heute, am 27.November 2020 ist die Zahl der Corona-infizierten Menschen in Deutschland auf über eine Million gestiegen.

Es werden bis heute 16.000 Todesfälle in Deutschland gezählt. Weltweit ist die Zahl der Todesopfer auf 1,4 Millionen gestiegen. Das hätte im Frühjahr dieses Jahres niemand gedacht. Fast jeder war sich sicher, dass diese Viruserkrankung ähnlich schnell verschwinden würde, wie die alljährliche Grippe.

Leider haben wir uns alle getäuscht!

Dieses Virus ist verdammt schlau und äußerst hartnäckig. Was können wir dagegen tun? Die Bundesregierung muss nachjustieren bei ihren Einschränkungen.

Es wird an alle Bürger des Landes appelliert, die AHA-Regeln einzuhalten: Abstand halten, Hygiene beachten, Alltagsmaske tragen.

Vom 1.-20.Dezember gelten in Deutschland verschärfte Maßnahmen gegen das Virus. Mund- und Nasenschutz müssen künftig auch auf Parkplätzen, auf dem Weg zu den Geschäften und am Arbeitsplatz getragen werden.

Es soll nur noch ein Haushalt mit einem weiteren Haushalt zusammenkommen - mit einer Gesamtzahl von maximal fünf Personen. Kinder bis 14 Jahre sind ausgenommen.

Ein Raunen geht durch die Bevölkerung. Immer mehr Bürger wollen diese Einschränkungen nicht mehr mitmachen. Es gibt Demonstrationen von Genervten aber auch von extremen Corona-Leugnern, die „Querdenker", die die Menge aufstacheln. Unter die Demonstranten mischen sich immer häufiger Rechtsextremisten. Das Resultat: noch mehr Infizierte.

Dienstag, der 1. Dezember 2020. Die Zahl der Todesfälle in Deutschland hat einen traurigen Höhepunkt seit Beginn der Pandemie erreicht. Innerhalb von 24 Stunden sind 487 Menschen an Covid-19 gestorben.

Der Lockdown wird bis zum 20.Dezember verlängert. Wir sollen noch bis zum 20. Dezember durchhalten, so die Regierung. Zur Belohnung sollen über Weihnachten bis zum Neujahr die Beschränkungen gelockert werden. Es dürfen sich dann zehn Personen treffen und feiern. Kinder unter 14 Jahren werden nicht mitgezählt.

Was ist denn das für eine tolle Belohnung!?
Silvester darf nicht geböllert werden. Es gibt kein
Feuerwerk auf großen Plätzen in der Stadt. Höchstens
vereinzelte Raketen aus dem heimischen Garten sind
erlaubt.

Montag, der 07.Dezember 2020.
Ministerpräsident Markus Söder ruft für
Bayern den Katastrophenfall aus und
zwar ab Mittwoch, den 9.Dezember.
Lockerungen zu Silvester und Neujahr
werden in Bayern zurückgenommen.

Ich ahne, was in den nächsten Tagen auf uns alle
zukommt. Ein Bundesland nach dem anderen wird
sich Bayern anschließen und die Maßnahmen
verschärfen. So wie es jetzt ist, kann es nicht bleiben.
Täglich sterben im Durchschnitt 450 Menschen in
Deutschland an Covid-19.

Montag, der 07.Dezember 2020.
Als erstes westeuropäisches Land
beginnt Großbritannien mit einer
Massenimpfung gegen Covid-19. Der
Impfstoff kommt vom Pharma-Unternehmen
BioNTech aus Mainz und dem
Tochterunternehmen Pfizer in den USA.

Alle Augen sind auf Großbritannien gerichtet. Dieses
Land hat als erstes Land auf der Welt eine
Notfallzulassung für den Impfstoff erteilt. Als erster
Mensch, der nicht an einer Studie teilgenommen hat

und jetzt geimpft wird, bekommt eine 90-jährige Frau die Impfung verabreicht. Alle Kameras sind auf sie gerichtet. Es ist ein weltweites Medienspektakel. Überall Reporter, Kameras, Mikrofone. Die arme alte Frau. Ob man sie vorher geschminkt hat, damit sie besser aussieht? Sie muss ihren linken Oberarm frei machen, dann erfolgt der kleine Pieks mit der Nadel. Und schon ist alles vorbei. Die Fotografen haben ihr Bild, alles applaudiert. Mrs. Margaret Keenan wird über Nacht berühmt. Sie strahlt über das ganze Gesicht und macht allen Menschen Hoffnung mit der Impfung. Es folgen weitere Personen, die über 80 Jahre alt sind. Außerdem wird das Gesundheits- und Pflegepersonal geimpft. In den nächsten Tagen will sich die Queen impfen lassen.

Auch wir warten mit Sehnsucht auf die Impfung. Viele Impfzentren in den Städten sind hergerichtet. Allein in NRW gibt es 53 Impfzentren. Es ist eine sehr große logistische Herausforderung für die Städte, da der Impfstoff bei -70° Grad gekühlt bleiben muss. Viele Arztpraxen haben diese Möglichkeit der Kühlung gar nicht. Zusätzlich müssen die Impfstoffe bewacht werden, damit sie keiner klauen kann. Ich kann mir gut vorstellen, dass ein paar Halunken diesen Plan haben, deshalb wird ein Sicherheitskonzept entwickelt. Interpol wird miteinbezogen.

Wie funktioniert es denn, wenn ich mich impfen lassen möchte? Ohne vorherige Anmeldung kann ich nicht zur Impfung gehen. Eine Terminvergabe ist

geplant über die Service-Nummer der Kassenärztlichen Vereinigung:
Sie lautet 116 117. Nur mit einer Terminbestätigung kann man in das Impfzentrum gelangen.
Bundesgesundheitsminister Jens Spahn sichert sich für Deutschland 300 Millionen Impfdosen. Das reicht für 150 Millionen Menschen, da man im Abstand von etwa drei Wochen zweimal geimpft werden muss.
Die Bundesregierung will die Impfungen in sechs Stufen durchführen.

1. „sehr hohe Priorität" (Menschen über 80 Jahren)
2. „hohe Priorität" (Menschen zw. 76-80 Jahren)
3. „moderate Priorität" (zwischen 71-75 Jahren)
4. „erhöhte Priorität" (Menschen zw. 66-70 Jahren)
5. „gering erhöhte Priorität" (zwischen 60-65 J.)
6. „niedrige Priorität" (alle übrigen Menschen)

Ich gehöre zur vierten Kategorie. Das sind Personen zwischen 66 und 70 Jahren, Lehrerinnen und Lehrer, Erzieher etc. Meine Tochter gehört zur ersten Gruppe, meine zwei anderen Kinder zur sechsten Gruppe. Was ich vorwegnehmen kann: die Reihenfolge ändert sich noch.

Dienstag, der 08.Dezember 2020.
Bundesgesundheitsminister Spahn deutet
an, dass es ab dem 27.Dezember einen
harten Lockdown geben könnte. Man wolle
aber noch abwarten wie sich das
Infektionsgeschehen verhalte.

In meinem Kopf kreisen diverse Überlegungen.
Was kann, beziehungsweise muss ich noch alles für
die Feiertage besorgen? Was ist, wenn die Geschäfte
doch wieder schließen müssen?
Wie lange komme ich mit meinen Vorräten aus?
Wenn alle die Nachricht vom harten Lockdown
mitkriegen, wird es wieder Hamstereinkäufe geben.
Habe ich noch genug Klopapier im Haus?
Ich muss mir einen Essensplan machen, sonst
funktioniert das nicht. Ich beeile mich, damit ich
heute schon um kurz nach acht Uhr im Supermarkt
bin, bevor die Meute losgelassen wird. Dann die
Enttäuschung im Geschäft. Viele Regale sind schon
wieder leergefegt. Es gibt keine Klöße mehr, keine
Haselnüsse, keinen Reis. Nach Klopapier habe ich
gar nicht erst geguckt. Diejenigen, die an der Kasse
stehen, haben ihre Einkaufswagen bis oben gefüllt.
Also doch wieder Hamstereinkäufe. Es ist nicht zu
fassen. Es bleibt mir nichts anderes übrig, als morgen
wiederzukommen und mein Glück zu probieren.
Rouladen ohne Klöße finde ich doof. Trotzdem
werde ich mir eine Alternative überlegen müssen. In
weiser Voraussicht gehe ich heute zum Frisör. Ich bin
fest davon überzeugt, dass beim nächsten Lockdown

alles dicht gemacht wird, auch Frisöre. Man wird sehen.

Mittwoch, der 09.Dezember 2020.
Die Zahl der Toten innerhalb eines Tages ist auf 590 gestiegen. Das sind so viele Tote wie noch nie. Seit gestern gibt es 20.815 Neuinfektionen.
Experten der Leopoldina (Nationale Akademie der Wissenschaft) richten einen dramatischen Appell an die Politik. Ihre Forderung: „Das öffentliche Leben soll mindestens bis zum 10. Januar 2021 ruhen."

Mittwoch, der 09.Dezember 2020.
Bundeskanzlerin Angela Merkel hält vor dem Bundestag eine emotionale Rede, die in Erinnerung bleiben wird.
"Bis Weihnachten sind es noch 14 Tage genau von heute - 14 Tage! Und wir müssen alles tun, damit wir nicht wieder in ein exponentielles Wachstum kommen. Ich will nur sagen: Wenn wir jetzt bis Weihnachten zu viele Kontakte haben, und anschließend es das letzte Weihnachten mit den Großeltern war, dann werden wir etwas versäumt haben, das sollten wir nicht tun, meine Damen und Herren."

Sie hat recht. Wir müssen etwas unternehmen. Wir müssen uns noch mehr einschränken. Die meisten

Minister zieren sich noch. So auch Armin Laschet aus Nordrhein-Westfalen. Erst noch mal abwarten ist die Devise. Bis Sonntag noch mal warten.

Ich verstehe das nicht. Warum nicht sofort einen harten Lockdown machen? Wenn die Zahl der Toten so weiter steigt, sind bis Silvester weitere 10.000 Menschen in Deutschland gestorben. Will man das?

Ich kann vorwegnehmen, dass bis zum Jahreswechsel bereits 14.000 Menschen an Covid-19 gestorben sind.

Freitag, der 11.Dezember 2020.
Das RKI meldet erneut Rekordzahlen zum Infektionsgeschehen. Noch nie hat es seit Beginn der Pandemie innerhalb eines Tages so viele Neuinfektionen (32.735) und Tote (604) in Deutschland gegeben.

Die Zahlen sind erschreckend. Langsam kriegt man es mit der Angst zu tun. Da, wo ich wohne, im Rhein-Kreis Neuss, gibt es 739 Infizierte.

86 erkrankte Menschen gibt es aktuell in Dormagen. Der 7-Tage-Inzidenzwert liegt aktuell bei 112,0. Das ist vergleichsweise niedrig, wenn ich mir die Inzidenzwerte aus Sachsen und Bayern anschaue. Da gibt es in manchen Landkreisen Werte von über 500. Unglaublich! Beängstigend!

Ich überlege mir, was ich mir Gutes tun kann, damit mir die Decke nicht auf den Kopf fällt oder ich panisch werde.

Ich habe mir angewöhnt, direkt um 8:30 Uhr einkaufen zu gehen. Da ist es noch vergleichsweise leer im Supermarkt. Meine Weihnachtsgeschenke habe ich schon alle besorgt. Je nach Wetter mache ich entweder am Vormittag oder nach dem Mittagessen einen ausgiebigen Spaziergang im Wald. Das stärkt meine Lunge und das Immunsystem. Wer weiß, wofür ich das mal brauche? Vitamin D muss ich nicht schlucken, wie Donald Trump, ich gehe lieber ins Freie. Das ist effektiver und gesünder. Was mir ebenfalls in dieser Zeit hilft, ist Ablenkung durch schöne Musik oder ein Buch. Und natürlich mit Freunden und der Familie telefonieren.

Mittlerweile sind die ersten Menschen in Großbritannien geimpft, da lese ich durch Zufall einen Zeitungsbericht über erste Nebenwirkungen des Impfstoffs. Es wird vor Anaphylaxie gewarnt.

Freitag, der 11.Dezember 2020.
„Personen mit anaphylaktischen Reaktionen auf Impfstoffe, Arzneien oder Lebensmittel sollten nicht mit der Pfizer/BioNTech-Vakzine geimpft werden", wird die CEO der Medicines and Healthcare products Regulatory Agency, Dr. June Raine, in britischen Medien zitiert.

Es geht schon los mit den Schwierigkeiten. Vielleicht war man zu voreilig mit der Zulassung? Ganz ohne Nebenwirkungen ist natürlich kein Medikament und kein Impfstoff. Aber ich werde weiter beobachten, was passiert, wenn sich alte Menschen impfen lassen.

```
Samstag, der 12.Dezember 2020.
Die USA haben eine Notfallzulassung für
den Impfstoff von BioNTech und Pfizer
erteilt und beginnen noch heute oder
morgen mit ersten Impfungen für die
Risikogruppen. Der Impfstoff wird
bereits an alle US-Bundesstaaten
ausgeliefert.
```

Wir kennen es von Donald Trump ja nicht anders. Er hat die US-Arzneimittelbehörde unter Druck gesetzt, damit der Impfstoff freigegeben wird.

Er kritisiert die Behörde als „große, alte, langsame Schildkröte". Auf Twitter schreibt er an FDA-Chef Stephan Hahn: „Geben Sie die verdammten Impfstoffe jetzt raus, Dr. Hahn. Hören Sie auf, Spielchen zu spielen, und fangen Sie an, Leben zu retten!!!"

Morgen, am Sonntag, will Angela Merkel sich mit den Ministern zusammensetzen, um weitere Maßnahmen für einen sofortigen Lockdown in ganz Deutschland zu beschließen. Es steht jetzt schon fest, dass die Lockerungen zu Weihnachten zurückgenommen werden müssen. Die Infektionszahlen lassen keine andere Wahl. Es dürfen sich nur noch fünf Personen aus zwei Haushalten treffen. Das ist doof, denn ich habe drei Kinder mit ihren Partnern. Dann wären wir 7 Personen. Das geht also nicht.

Was soll ich machen? Welches Kind soll ich einladen, welches ausladen? Ich befinde mich in einer Zwickmühle. Hoffentlich fällt einem der Kinder noch eine Lösung ein?! Ich möchte nicht die Entscheidung treffen. Ich merke ganz schnell, dass meine Kinder versuchen, die Besuchsregelung so zu gestalten, dass das Risiko einer Ansteckung bei mir so gering wie möglich ausfallen soll. Aber was heißt das jetzt? Meine innere Unruhe nimmt immer mehr zu. Auf der einen Seite möchte ich alle meine Kinder bei mir haben, auf der anderen Seite muss ich mich entscheiden, wer wann kommen darf.

In der Nacht kann ich kaum schlafen. Die Gedanken kreisen in meinem Kopf, mein Herz poltert wild drauf los. Ich muss sogar eine zusätzliche Herztablette schlucken. Nicht dass ich an Herzversagen, statt an Corona sterbe. Das wäre wirklich blöd, weil das auch keiner will. Ich am wenigsten.

Sonntag, der 13.Dezember 2020.
Ab 10 Uhr sitzen die Bundeskanzlerin und alle Ministerpräsidenten/-innen zusammen, um den Lockdown für die kommenden Wochen zu besprechen und zu beschließen.

Um 12:30 ruft Armin Laschet, Ministerpräsident von Nordrhein-Westfalen, zu einer Pressekonferenz. Schon eine Stunde vorher höre ich im Radio erste

Beschlüsse von der Kanzlerin. Ihre Stimme ist heiser, sie muss sich ständig räuspern. Die Arme. Hoffentlich hat sie sich nicht mit Corona infiziert. Was hat sie doch für einen anstrengenden Job. Erst zwei Tage vorher hat sie in Brüssel die Nacht durchgearbeitet. Ich möchte nicht mit ihr tauschen. Sie ist mein Jahrgang. Da weiß ich aus eigener Erfahrung, dass es an immer mehr Stellen im Körper zwickt und zwackt und ich auch mal einen Tag zum Verschnaufen brauche. Dieser ständige Stress muss doch krank machen.

Sonntag, der 13.Dezember 2020.
Es gibt bundesweit einen strengen Shutdown vom 16.Dezember bis 10.Januar 2021. Alle Geschäfte müssen schließen, außer jene Geschäfte, die den täglichen Bedarf abdecken.

Ein strenger Shutdown bis zum 10.Januar? Du meine Güte, das ist eine lange Zeit. Der 16.Dezember ist Mittwoch. Die Regierung möchte der Bevölkerung etwas Zeit für die Planung der nächsten Wochen geben.
Zwei Tage Zeit, alles zu erledigen, was erledigt werden muss. Einkauf, Geschenke, Klamotten. Was benötige ich noch bis Weihnachten, was für Vorräte muss ich mir zulegen? Was für ein Stress! Doch dann denke ich mir, dass bestimmt alle losrennen, um ihre Besorgungen zu machen. Die Innenstädte werden platzen. Aber genau das ist gefährlich. Also lieber

doch nicht einkaufen gehen. Wahrscheinlich werden die Geschäfte, die ab Mittwoch schließen müssen, morgen und übermorgen gestürmt. Ich werde schon nicht verhungern. Mit Nudeln, Kartoffeln und Eiern lassen sich viele Gerichte einfach herstellen.

Armin Laschet konkretisiert und verteidigt die Beschlüsse der Kanzlerin und der Ministerpräsidenten.

Für Nordrhein-Westfalen gilt folgendes:

Für den **Handel**: Diesmal bleiben auch die Frisörläden zu und, was noch viel schlimmer ist, auch die Baumärkte. Baumärkte sind nur für Fachleute geöffnet. Lediglich Supermärkte, Drogerien, Apotheken, Getränkemärkte, Banken, Bäckereien und Metzgereien dürfen geöffnet bleiben.

Für die **Schulen**: Ab Montag, den 14.Dezember muss niemand mehr sein Kind zur Schule schicken. Dies gilt für Schüler von der 1.- 7. Klasse. Die Schulen bleiben jedoch bis zum 18.Dezember geöffnet für Kinder, die nicht zu Hause betreut werden können. Das gilt auch für die Kitas. Ab Klasse 8 gibt es keinen Unterricht mehr in der Schule, sondern nur noch von zu Hause aus, in digitaler Form.

Für die **Pflegeheime**: Alle Mitarbeiter von Pflegeheimen sind verpflichtet, FFP2-Masken zu tragen. Besucher müssen einen negativen Corona-Test vorlegen, der nicht älter als 24 Stunden ist.

Für die **Weihnachtstage**: Vom 24.- 26.Dezember dürfen sich nur über den eigenen Hausstand hinaus vier weitere Personen aus dem engsten Familienkreis treffen.

Für **Silvester**: Der Verkauf von Feuerwerkskörpern ist verboten. An Silvester und Neujahr gilt ein Versammlungsverbot auf öffentlichen Plätzen. Es dürfen sich maximal fünf Personen aus zwei Haushalten treffen.

```
Dienstag, der 15.Dezember 2020.
Heute dürfen sich alle Personen ab 60
Jahren drei FFP2-Masken kostenlos in
den
Apotheken abholen.
```

Das will ich direkt ausprobieren. Immerhin kosten sie im Handel zwischen 1,50 € und 3,50 € das Stück.

Ich mache mich auf den Weg. In der Apotheke gibt es insgesamt vier Angestellte und vier Kassen. Lediglich eine Kasse bzw. eine Angestellte ist zuständig für die Abwicklung mit den FFP2-Masken. Vor mir steht bereits eine ältere Dame. Ich sehe, dass sie ihren Personalausweis vorzeigt und dann die drei Masken ausgehändigt bekommt.

Jetzt bin ich an der Reihe. Altsein hat auch seine Vorteile. Auch ich muss meinen Personalausweis vorzeigen. Dann wird ein Kassenbon ausgedruckt, auf dem mein Name handschriftlich notiert wird. Dann muss ich den Wisch unterschreiben. Alles wird in einem Ordner abgeheftet. Fertig. Ich bekomme meine drei Masken ausgehändigt. Keine weiteren Formulare, kein Registrieren.

Theoretisch könnte ich jetzt zur nächsten Apotheke marschieren, dann zur übernächsten. Ob das jemand macht? Bestimmt.

Dienstag, der 15.Dezember 2020.
Bundesgesundheitsminister Spahn kündigt an, dass am Montag, den 21.12.2020 über die EU-Zulassung des Impfstoffs entschieden werde. Es handele sich dabei um keine Notfallzulassung wie in Großbritannien oder den USA. Eventuell könne noch vor Weihnachten mit den ersten Impfungen begonnen werden.

Mittwoch, der 16.Dezember 2020.
Heute beginnt der harte Lockdown bundesweit. Die meisten Geschäfte müssen bis zum 10.Januar geschlossen bleiben. Ebenso die Kitas und Schulen. Lediglich eine Notbetreuung wird angeboten.
Die Zahl der Toten innerhalb eines Tages hat einen traurigen Rekord erreicht. Es sind 952 Tote und 27.728 Neuinfizierte.

Beginn des harten Lockdowns

Der Tag beginnt ungewöhnlich ruhig. Dichter Nebel hat sich am frühen Morgen über das Land NRW gelegt. Nur wenige Autos sind unterwegs. Der zweite Lockdown dieses Jahres hat begonnen.

Die gedrückte Stimmung passt zu der ersten Meldung des Tages. Noch nie hat es so viele Tote zuvor innerhalb eines Tages gegeben. In Sachsen ist es besonders schlimm. Dort muss eine erste Klinik wegen Corona an Triage denken. Ärzte müssen dann entscheiden, wen sie weiterbehandeln und wen nicht. Es gibt keine freien Intensiv- und Beatmungsbetten mehr.

Der Fachbegriff Triage stammt vom französischen Verb „trier", das „sortieren" oder „aussuchen" bedeutet.

Was für eine entsetzliche Situation. Die Ärzte müssen binnen kurzer Zeit über Leben und Tod entscheiden. Wer darf weiterleben, wer muss sterben?

Ich kontrolliere die Zahlen des Corona-Inzidenzwertes für den Rhein-Kreis-Neuss.

Hier gibt es einen Wert von 147,2.

Spitzenreiter ist der Landkreis Bautzen mit 631,2.

Den geringsten Wert gibt es in Rostock mit 16,7.

Wenn die Hotels offen wären, könnte ich mir glatt überlegen, einen Urlaub in Rostock zu machen.

Ganz allgemein ist die Lage im Norden Deutschlands sehr viel entspannter als im Süden oder Osten. Aber warum? Das wird mit der Mentalität der Norddeutschen begründet. Hier ist man sehr viel distanzierter und spröder als im Süden. Küsschen geben und sich Umarmen, das macht man wahrscheinlich in südlichen Regionen häufiger und lieber als im hohen Norden.

Kann sein, dass da etwas dran ist.

Donnerstag, der 17.Dezember 2020.
Der französische Präsident Emmanuel
Macron hat sich mit dem Corona-Virus
infiziert.

Das Virus will einfach nicht klein beigeben. Aus China, dem Ursprungsland der Pandemie, hört man schon lange nichts mehr. Die Chinesen schotten sich ab. Wollen sie was verheimlichen? Ich recherchiere das mal.

Was mich erstaunt, ist, dass es so gut wie keine Infizierten mehr gibt. China hat es geschafft, das Virus zu besiegen. Dafür hat die Bevölkerung einen hohen Preis bezahlt. Sie ist rund um die Uhr vom Staat überwacht worden. Jeder Chinese muss auf seinem Handy eine App installieren, die einen Gesundheitscode ermittelt. Die App errechnet aus Standort- und Funknetzdaten ein persönliches Risiko: grün, gelb oder rot. Ohne die App und ohne einen grünen Code darf man sich nicht mehr in China bewegen. Datenschutz und Grundrechte spielen in China keine Rolle. Wer von A nach B will, muss die App vorzeigen. Nur bei „grün" darf man passieren. Überall gibt es Überwachungskameras. Öffentliche Debatten werden nicht geführt, weder über die Corona- Maßnahmen noch über den Ursprung der Pandemie. So funktioniert eine Diktatur.

Das will in Deutschland niemand.

Noch genau eine Woche, dann ist Weihnachten. Ich möchte es mir in dieser Zeit besonders gemütlich machen. Es reicht, wenn ich einmal am Tag die Nachrichten verfolge.
Ich bin erstaunt, wie viele Autos noch unterwegs sind, obwohl es doch einen strengen Lockdown gibt. Selbst die Niederländer haben ihre Geschäfte geschlossen, sodass es keine grenzüberschreitenden Shoppingtouren geben kann. Schon morgens um 7:30 Uhr höre ich im Radio von den ersten Staus auf unseren Autobahnen. Wo wollen die alle hin? Beim ersten Lockdown war es sehr viel ruhiger draußen.

```
Donnerstag, der 17.Dezember 2020.
Bundesgesundheitsminister        Spahn
verkündet, dass die Impfungen ab dem
27.Dezember    beginnen    können.    Die
Zulassung      würde       mit       hoher
Wahrscheinlichkeit     am     21.Dezember
erfolgen.
```

Das ist eine Meldung, auf die sicher alle gewartet haben. Endlich kann es los gehen. Bald wird die Pandemie Geschichte sein. Wir können endlich wieder zurück in unser altes Leben. Nur noch ein paar Wochen, dann ist der Spuk vorbei!
Ach, was wäre das schön.
Es ist noch ein langer Weg bis zur Normalität. Die Experten rechnen damit, dass die Impfungen noch weit bis in den Sommer des nächsten Jahres dauern könnten, wenn nicht sogar noch länger.

Unterdessen versuchen einheimische Treckerfahrer die Bevölkerung in der dunklen Zeit aufzuheitern. Ich sitze in meinem Wohnzimmer und wundere mich über die vielen Stimmen draußen auf dem Bürgersteig. Es ist bereits dämmrig. Was ist denn da los? Der Gang auf meinen Balkon bringt Klärung. Wie ich sehe, warten ein paar Kinder mit ihren Eltern auf eine Traktorparade. Na, das will ich mir ansehen. Ich habe gar keine Ankündigung in der Presse mitbekommen. Aber vielleicht ist das auch so gewollt, damit nicht zu viele Menschen nebeneinanderstehen, so wie bei Karneval oder dem Schützenumzug. In der Ferne sehe ich die ersten Blinklichter. Vornweg sind zwei Polizeiwagen zu sehen, die die Kreuzungen absperren. Dann rücken sie an, die toll geschmückten Trecker. Sie blinken und glitzern mit etlichen Lichterketten und Christbaumschmuck mal ganz bunt, mal nur mit weißen Lichtern, die sie über die Kühlerhaube, das Fahrerhaus oder die großen Räder drapiert haben. Na, das ist ein Spektakel. Einfach großartig. Die Trecker-Karawane knattert mit einem Höllenlärm durch die Straßen. Ab und zu hupen sie, um die Menschen auf die Balkone zu locken. Ich finde die Idee super. Eine Ablenkung, die jeder gut gebrauchen kann.

In sieben Tagen ist Heiligabend. Normalerweise strömen an diesen Tagen tausende Menschen in die Kirchen, um die Weihnachtsgottesdienste zu besuchen. Aber in diesem

Jahr muss es anders gehen.

Erstmals entscheidet das evangelische Presbyterium Dormagens, dass es zu Weihnachten keine Gottesdienste in den Kirchen geben werde. Es schließen sich zahlreiche andere evangelische Kirchen in NRW an.

Als Alternative werden Gottesdienste in digitaler Form angeboten.

Grund für diese Entscheidung ist vielleicht auch die gerade hereingekommene Meldung, dass das Corona-Virus in Großbritannien mutiert ist und außer Kontrolle geraten ist. Alarmstufe rot. Auch das noch! Dieses mutierte Corona-Virus, mit dem Namen B.1.1.7 lässt die Infektionszahlen in Südengland und London in die Höhe schießen. Der vierte Lockdown wird für Großbritannien ab sofort beschlossen. Die Lage ist äußerst ernst.

Sonntag, der 20.Dezember 2020.
Ab Mitternacht dürfen keine Flugzeuge mehr aus Großbritannien auf deutschen Flughäfen landen. Auch der Eurotunnel und die Fährverbindungen zwischen England und dem Kontinent werden eingestellt. Auch die Nachbarländer die Niederlande, Belgien, Frankreich, Österreich und Italien lassen keine Flugzeuge mehr aus Großbritannien landen.

Das kommt jetzt aber plötzlich. Die Lage scheint ja wirklich sehr ernst zu sein, sonst hätten die Länder nicht dermaßen schnell reagiert. Vor dem Eurotunnel stauen sich die LKWs mit ihren Waren auf zig Kilometer. Mehr als 4000 LKWs stehen im Stau und kommen nicht weiter, weil Frankreich sie nicht ins Land lässt. Nichts geht mehr. Viele Menschen versuchen panisch, das Land noch vor Weihnachten zu verlassen. Nur wenige schaffen es. Alles wird dicht gemacht. Die EU will ein Übergreifen des Virus auf ihre Länder unbedingt verhindern.

Ein paar „Schlaue" (man könnte auch sagen Arschlöcher) schlüpfen allerdings durch die Sicherheitsvorkehrungen und entkommen nach einem positiven Corona-Test dem Quarantänebereich auf dem Flughafen. Jetzt verteilen sie das Virus unkontrolliert. Was sind das nur für Hornochsen. Es ist kaum zu glauben, was sich so manche dabei denken! *Ich, der Esel, komme immer zuerst!*

Was jetzt schon feststeht, ist, dass diese Virus-Mutation B.1.1.7 für Kinder und Jugendliche sehr viel stärker ansteckend ist als das bisher bekannte Virus. Es ist zum Verzweifeln.

Montag, der 21.Dezember 2020.
Heute wird der Impfstoff der Firma BioNTech und Pfizer von der EMA (European Medicines Agency) begutachtet.
Danach müssen die EU-Kommission und die einzelnen Mitgliedsstaaten der Zulassung noch zustimmen.

```
Am 27.Dezember kann dann mit dem Impfen
begonnen werden.
15:00 Uhr. Der Impfstoff wird von der
EMA freigegeben.
19:00 Uhr. Die EU-Kommission stimmt der
Zulassung zu.
```

Heute ist Winteranfang. Der kürzeste Tag des Jahres und auch der dunkelste Tag.

Am Abend gibt es durch die Meldung der Impfzulassung eine Hoffnung auf einen Sieg gegen das Virus. Ein Licht am Horizont. Von jetzt an werden die Tage wieder heller. Wie passend. Noch nie ist ein Impfstoff so schnell zugelassen worden. Dafür brauchte man früher Jahre oder Jahrzehnte.

Wie schon vermutet, haben ein paar Betrüger die Situation ausgenutzt und einen „eigenen" Impfstoff für 6000 € einer Seniorin aus Bonn angeboten. Sie könne als

Erste in den Genuss einer Impfung kommen, wenn sie das Geld vorweg bezahle. Zum Glück ist sie auf den Trick nicht hereingefallen und hat die Polizei alarmiert. Die konnte die Betrüger bei der vorgetäuschten Geldübergabe abfangen und festnehmen.

Langsam muss ich an die Weihnachtsvorbereitungen denken. Ich weiß gar nicht mehr, wie viele Leute sich treffen dürfen? Wie war das nochmal mit den Kontaktbeschränkungen zu Weihnachten? Zu dem eigenen Haushalt dürfen nur vier weitere Personen eingeladen werden. Ich plane das Weihnachtsfest nach bestem Wissen und Gewissen.

Heute ist Heiligabend. Ich bin so gar nicht in Weihnachtsstimmung. Der Tag fühlt sich an, wie ein normaler Wochentag. Da helfen auch nicht die etlichen Weihnachts-CDs, die ich mir von morgens bis abends einverleibe. Am Abend kann ich sie nicht mehr hören. Nachrichten mit dem Bundespräsidenten oder anderen wichtigen Persönlichkeiten kann ich auch nicht mehr hören. Immer das gleiche. Wir sollen durchhalten, wir sollen uns an die Regeln halten, wir sollen, wir sollen....

Besuch bekomme ich heute keinen, erst morgen.

Am 1.Weihnachtstag endlich kommt Leben in meine Bude. Aber alles regelkonform. Nicht mehr als vier Personen aus dem engsten Familienkreis. Es kommen meine Tochter mit Mann und mein Sohn mit Frau. Bevor ich sie in meine Wohnung lasse, machen wir alle einen Corona-Schnelltest. Ich habe ja das Glück, dass meine Tochter vom Fach ist. Nach einer viertel Stunde ist das Ergebnis da. Wir können alle feiern. Das Virus ist im Moment nicht feststellbar. Zum Glück. So viele Tupperdosen hätte ich gar nicht gehabt, um mein Weihnachtsessen zu verteilen und die Kinder wieder nach Hause zu schicken.

Wir sind alle bemüht, den Mund-Nasenschutz zu tragen. Immerhin gehöre ich zur Risikogruppe, weil ich über sechzig bin.

Beim Vorbereiten des Mittagessens passieren dann die ersten kleinen Pannen. Ich will schnell die Soße abschmecken, tauche meinen Finger in den Sud, will den Finger ablecken und lande damit auf der Atemschutzmaske. Die hat ab jetzt einen Fleck. Ich bin an diesem Tag nicht die einzige, der das passiert. Es ist zu lustig.

Mein Wohnzimmer habe ich komplett umgeräumt, damit wir alle einen genügend großen Abstand beim Essen haben. Es gibt jetzt zwei große Esstische, an denen höchstens zwei beziehungsweise drei Personen sitzen. Es fühlt sich für mich fremd und komisch an, mit den eigenen Kindern dermaßen auf Abstand gehen zu müssen. Wir dürfen uns nicht umarmen, wir müssen ständig lüften, damit die Konzentration der Aerosole nicht zu groß wird.

Es ist ein Weihnachtsfest, von dem wir alle noch lange reden werden.

Samstag, der 26.Dezember 2020.
Der 2. Weihnachtstag.
Der Impfstoff wird bundesweit in die einzelnen 27 Standorte der Bundesländer ausgeliefert und von dort aus an die 442 Impfzentren und mobilen Teams verteilt. Zeitgleich erhalten alle 27 EU-Staaten den Impfstoff. Am Sonntag, den 27.12.2020 soll mit den Impfungen begonnen werden.

Endlich ist es soweit. Nach Nordrhein-Westfalen, dem bevölkerungsreichsten Land, werden 9750

Impfdosen geliefert und in ein geheimes Zentrallager gebracht, das gut geschützt wird von Polizisten.

Heute bekommen die ersten Menschen über 80 Jahre die Impfung. Bevorzugt werden Menschen in Altenheimen und deren Pflegekräfte.

Die erste, die sich bereits am Samstag impfen lässt, ist die 101-jährige Frau Edith Kwoizalla aus Halberstadt in Sachsen-Anhalt. Obwohl der vorzeitige Impftermin nicht mit dem Bundesgesundheitsminister Spahn abgesprochen ist, entschließt sich der Heimleiter zum vorzeitigen Impfen. Er will keine Zeit verlieren.

„Jeder Tag, den wir warten, ist ein Tag zu viel."

Bis wir alle geimpft werden können, werden noch Monate vergehen. Immerhin wird dieser Impfstoff weltweit benötigt. Es gibt kein Land auf der Erde, in dem dieses Virus nicht sein Unwesen treibt.

Inzwischen ist es in NRW winterlich geworden. Im Sauerland und der Eifel hat es geschneit. Tausende machen sich mit Kind und Kegel und ihren Schlitten auf den Weg. Eine willkommene Abwechslung in der Corona-Zeit. Die Autos stauen sich kilometerlang rund um Winterberg. Zudem zieht ein Orkantief „Hermine" über das Land. Erste Unfälle passieren auf spiegelglatten Straßen. Das scheint die Tagestouristen jedoch nicht davon abzuhalten, in die Skigebiete zu fahren. Von überall kommen sie her. Aus dem Ruhrgebiet, aus dem Münsterland. Und das, obwohl die Lifte geschlossen sind. Auch die Restaurants und Hotels sind wegen des Lockdowns zu, genau wie die Toilettenanlagen. Egal. Wenn die Parkplätze überfüllt sind, wird halt am Straßenrand geparkt und gepinkelt. Den Tagestouristen ist das egal. Schließlich haben sie eine lange Anfahrt gehabt. „Leck mich!", ist ihre Reaktion, wenn sie von den Ordnungshütern erwischt und verwarnt werden. Erste Blechschäden entstehen beim Rangieren der Autos. Es entsteht ein Verkehrschaos, mit dem der Bürgermeister von Winterberg nicht gerechnet hat. Ein Sicherheitsabstand kann gar nicht mehr eingehalten werden, weil alle auf den gleichen Rodelberg wollen. Ich stelle mir gerade vor, wie es aussieht, wenn Tausende in den Schnee pinkeln, weil es nirgends eine Toilette gibt. Der Schnee wird bis abends gelb gefärbt sein. Prost, Mahlzeit. Und dann noch die Butterbrotpapiere und Getränkedosen. Müll über Müll.

Die gleiche Lage wird am Abend in den Nachrichten aus der Eifel gemeldet. Auch dort wimmelt es von Tagestouristen, die in den Schnee gefahren sind.

Montag, der 28.Dezember 2020.
Im Rheinkreis Neuss gibt es so viele Infizierte wie noch nie. Der Inzidenzwert liegt bei 160,1.

Ich habe gehofft, dass die Infektionszahlen zurückgehen, aber leider geht die Entwicklung in die falsche Richtung. Also bleibe ich heute lieber in meinen vier Wänden, obwohl heute der erste Tag nach den Feiertagen ist, an dem ich meinen Kühlschrank wieder auffüllen könnte. Der Parkplatz vom nahen Supermarkt quillt am frühen Morgen schon über. In dieses Getümmel möchte ich mich nicht begeben. Bis jetzt habe ich das Corona-Virus erfolgreich von mir ferngehalten, da muss ich jetzt nicht leichtsinnig werden für ein paar Weintrauben oder Joghurts. Zum Glück habe ich noch ein paar Essensreste. Ich werde also nicht verhungern. Ich fange an, ein wenig in der Wohnung zu kramen, die Wäsche zu waschen und was einer Hausfrau sonst noch so alles einfällt. Ich könnte die ersten Weihnachtssachen schon in den Keller räumen und die Kugeln am Tannengrün abhängen. Ich habe ja Zeit. Wegen Corona habe ich meine Deko schon Mitte November in die Wohnung geholt, damit ich es gemütlich und festlich habe. Jetzt reichts mir. Ich habe mich satt gesehen an Engeln, Weihnachtsmännern und Kerzen. Zu Silvester möchte ich den Frühling in meine Wohnung holen mit Primeln und Narzissen. Die Tage werden schon wieder etwas länger.

Mittwoch, der 30.Dezember 2020.
Das RKI meldet die höchste Sterberate für Deutschland innerhalb eines Tages. Es sind 1122 Menschen an oder mit Covid-19 gestorben. Insgesamt sind in Deutschland seit Beginn der Pandemie 32.107 Menschen an dem Virus gestorben.

Der Lockdown muss mit Sicherheit verlängert werden.

Heute ist der letzte Tag des Jahres. Noch ein paar Stunden, dann ist dieses außergewöhnliche Jahr Geschichte.

Soweit ich denken kann, ist dieses Silvester das erste, an dem es in Deutschland keine Feuerwerksraketen zu kaufen gibt. Wir sollen alle zu Hause bleiben und mit maximal fünf weiteren Menschen den Jahreswechsel feiern. Auf öffentlichen Plätzen gibt es ein Alkoholverbot, in manchen Städten sogar ein Ausgangsverbot.

Das wird ein ödes Silvester ohne Feuerwerk und ausgelassener Party.

Genauso öde wie das Fernsehprogramm. Zum Vergessen.

Ich gehe entsprechend früh ins Bett. Was soll ich denn alleine den Jahreswechsel feiern, wenn es keine krachenden, farbenprächtige Raketen am Himmel zu bestaunen gibt. Die Kölner Bürger sind aufgerufen, um Mitternacht ihre Lampen an- und auszuschalten. Das soll ein Feuerwerk simulieren. Ich kann mir nicht vorstellen, dass das jemand macht.

Ich bin gerade eingeschlafen, als ich von lauten Böllern geweckt werde. Das neue Jahr wird begrüßt. Also doch Feuerwerk? Am Himmel sehe ich in der Ferne ein paar Raketen in den Himmel steigen, begleitet von einem langen Pfeifton. Dann folgen etliche laute Böller. Die ersten WhatsApp-

Nachrichten trudeln ein. Alle wünschen sich gegenseitig ein frohes neues Jahr und ein Ende der Pandemie.

Am ersten Wochenende des neuen Jahres fällt erneut etwas Schnee in den Mittelgebirgen. Tausende machen sich mit ihren Autos auf den Weg zu den Rodelhängen. Ein wenig Ablenkung und Spaß an frischer Luft wird allen gut tun. Viele Kinder sehen zum ersten Mal in ihrem Leben Schnee. Und diesmal stört sie kein Orkantief wie im Dezember. Eigentlich weiß ja auch jeder, dass die Restaurants und Liftanlagen geschlossen sind, ebenso die öffentlichen Toiletten. Aber das stört niemanden. So eine tolle Winterlandschaft muss man einfach gesehen haben. Was für ein Vergnügen.

Eine weiße Winterlandschaft wie im Bilderbuch. Ja, von wegen. Für die Anwohner ist es alles andere als ein Vergnügen. Kaum jemand hält die Abstandsregeln und die Hygienevorschriften ein.

Schon bald reicht es den Gemeinden vor Ort. Sie sperren Straßen und Parkplätze, um den Besucheransturm zu stoppen, denn so kann es nicht weitergehen. Das Ordnungsamt ist völlig überfordert. Die vielen Tagestouristen hinterlassen Berge von Müll. So eine Sauerei haben sie selten gesehen.

Dienstag, der 05.Januar 2021.
Bundeskanzlerin Angela Merkel gibt eine Presseerklärung zur Lage der Pandemie. Der Lockdown muss verlängert werden. Er

wird verlängert bis Ende Januar 2021. Die Einschränkungen sollen für Landkreise verschärft werden, wenn der 7-Tages-Inzidenzwert über 200 liegt. Dann dürfen sich die Bewohner dieser Region nur noch in einem Radius von 15 Kilometern von ihrem Wohnort entfernen.

Geahnt hat es wohl jeder.
Der Lockdown wird bis Ende Januar verlängert.
Die Zahlen sprechen für sich.
Der 7-Tages-Inzidenzwert im Rhein-Kreis Neuss liegt bei 133. Tendenz steigend.

Mittwoch, der 06.Januar 2021. In Washington D.C. kommt es zu einem Sturm auf das Kapitol durch mehrere tausend Trump-Anhänger. Sie protestieren gegen die Zertifizierung der Präsidentschafts-Wahlergebnisse. Es fallen Schüsse. Zahlreiche Kongressabgeordnete geben Donald Trump die Schuld an der Eskalation. Joe Biden nennt es „einen Angriff auf die Demokratie".

Ich bin geschockt von dieser Meldung. Was ist das nur für ein Präsident, der die eigene Bevölkerung dazu aufruft, zum Kapitol zu marschieren und sich nichts gefallen zu lassen. Heute sollen Abgeordnete den künftigen Präsidenten Joe Biden für sein Amt legitimieren. Trump will das verhindern und gesteht immer noch nicht seine Niederlage bei den Wahlen ein. Ein schlechter Verlierer.

Ich glaube, das Virus hat seinen Kopf angegriffen.

Im Laufe des Tages wird bekannt gegeben, dass sich eine oder mehrere Rohrbomben vor dem Kapitol befunden haben. Was für ein Glück, dass die nicht explodiert sind. Das Fazit dieses Ansturms auf das Kapitol: fünf Tote, etliche Verletzte, Verwüstungen in den Räumen des Kapitols. Nicht nur die Bildungsministerin tritt zurück, sondern auch die Verkehrsministerin und der stellvertretende Sicherheitsberater, sowie die First-Lady-Sprecherin.

Noch 14 Tage lang wird Trump sein Amt als Präsident ausüben, dann ist Schluss für ihn.

Was für ein schrecklicher Tag für Amerika!

Da klingt es fast schon normal, dass täglich in Deutschland rund 1000 Menschen an Covid-19 sterben. Mittlerweile hat Deutschland fast 39.000 Corona-Tote.

Die Zahlen, die jeden Abend im Fernsehen verkündet werden, kann ich schon nicht mehr hören, will sie auch gar nicht mehr hören. Ich weiß nur, dass ich weiterhin sehr vorsichtig sein muss, denn das Virus ist sehr schlau. Zum Glück hat man herausgefunden, dass der Impfstoff von BioNTech auch bei der Coronavirus-Mutante hilft. Bald wird es einen zweiten Impfstoff geben.

Freitag, der 08.Januar 2021.
Der zweite Impfstoff gegen Corona wird
von der Europäischen Arzneimittel-
Agentur EMA zugelassen. Es ist der
Impfstoff von Moderna, mRNA-1273.

Ich möchte natürlich wissen, welcher Impfstoff
besser ist und ob ich mir wünschen kann, welchen
Impfstoff ich haben möchte. Ich mache mich mal
schlau.
Also. Nur mein Arzt kann entscheiden, welcher
Impfstoff für mich am besten geeignet ist. Da es im
Moment sowieso nur einen Impfstoff gibt, brauche
ich nicht darüber nachzudenken. Die Wirksamkeit ist
bei beiden Impfstoffen etwa gleich hoch, nämlich bei
ca. 90%. Während der Impfstoff von BioNTech bei
minus -70°C Grad gekühlt werden muss, kann der
Moderna-Impfstoff bei minus -20°C Grad gekühlt
werden, was einen deutlichen Vorteil für die Logistik
des Impfens bedeutet. Welche Praxis besitzt schon
einen Tiefkühlschrank, der bis -70°C herunterkühlt?
Also meiner schafft nur -24°C.

Samstag, der 09.Januar 2021.
In vielen Skigebieten NRWs werden am
Wochenende die Zufahrtssstraßen und
Parkplätze gesperrt, um ein mögliches
Chaos auf den Rodelhängen zu
verhindern.
Der Rhein-Kreis Neuss hat mittlerweile einen 7-
Tages-Inzidenzwert von 143 erreicht. Auch die

Städte Düsseldorf und Köln haben wieder Werte deutlich über 100. Wahrscheinlich ist das mutierte Virus schon längst unter uns.

```
Samstag, der 09.Januar 2021.
Queen Elizabeth II. und ihr Gatte Prinz
Philip werden geimpft.
```

Das wird auch höchste Zeit, finde ich. Immerhin ist die Monarchin schon 94 Jahre alt. Ihr Gatte ist 99 Jahre alt. Seit einigen Wochen ist die Lage in Großbritannien dramatisch wegen der Coronavirus-Variante. Das Virus breitet sich schneller aus, als die Menschen mit ihren Gegenmaßnahmen hinterherkommen. Rasant ansteigende Infektionszahlen bringen die Krankenhäuser an ihre Belastungsgrenze. Täglich sterben mehr als 1300 Menschen. Fast 70.000 Neuinfektionen pro Tag, das ist erschreckend. Die britische Regierung hat sogar angeordnet, dass jeder nur einmal geimpft wird. Und nicht wie vorgesehen zweimal im Abstand von drei Wochen. Man will so viele Menschen wie möglich erreichen. Virologen warnen jedoch davor. Die Impfung ist nur wirksam, wenn sie zweimal hintereinander verabreicht wird, sagen sie.

```
Montag, der 11.Januar 2021.
Die neue Corona-Schutzverordnung ist
gültig ab dem 11. Januar.
Kontaktbeschränkungen werden bis zum
31.Januar verschärft. Es gilt eine 15-
```

Kilometer-Regel für Hotspots mit einer Infektionsrate über 200.
Der zweite Impfstoff von Moderna ist auf dem Weg nach Deutschland.

Na endlich. Ein zweiter Impfstoff ist auf dem Weg zu uns.

Ab sofort gibt es noch mehr Kontaktbeschränkungen, noch mehr Einschränkungen bei der Bewegungsfreiheit. Die Infektionszahlen steigen immer noch. Deshalb finde ich diese Maßnahmen mehr als sinnvoll. Ich glaube wirklich, dass das mutierte Virus schon längst unter uns ist. Leider wird zu wenig darauf getestet. Hotspots in NRW sind der Kreis Höxter, Minden-Lübbecke, Recklinghausen und der Oberbergische Kreis.

RTL hat sich etwas Besonderes einfallen lassen, um seine Zuschauer auf Laune zu halten. Nach den 18:45 Uhr-Nachrichten lesen die zwei Moderatoren in der ersten Woche aus selbst ausgewählten Büchern amüsante Texte im Wechsel vor. Nicht länger als 2-3 Sätze, aber immerhin. Mal ist was Nachdenkliches, mal eine Lebensweisheit dabei. In der zweiten Woche folgen Lieblingsfotos der Moderatoren. Ich bin gespannt.

Heute fängt der Unterricht für alle Schüler wieder an. Jedoch nur von zu Hause aus. Digital, nicht als Präsenzunterricht. Immer noch besser als gar kein Unterricht, finde ich.

Ich gehöre zu der Generation, die in den Jahren 1966 und 1967 zwei Kurzschuljahre mitgemacht hat. In der Nachkriegszeit fand die Versetzung in die nächsthöhere Klasse in Deutschland zu Ostern statt. Man wollte aber deutschlandweit die Versetzung auf den Sommer verlegen. Deshalb die zwei Kurzschuljahre, die jeweils nur 8 Monate gedauert haben. Schon damals meisterten wir Schüler diese Ausnahmesituation. Und? Hat es uns geschadet? Ich glaube nicht. Also. Keine Angst um die Schüler. Die holen ihren Stoff schon nach.

Montag, der 18.Januar 2021.
Die Infektionszahlen sinken. Seit gestern gibt es lediglich 11.484 Neuinfektionen mit Covid-19. Ebenso die Zahlen der Todesfälle in Deutschland sinken. Es sind 437 Tote seit gestern.

Das ist eine gute Nachricht. Und dennoch. Es ist erschreckend, dass man angesichts hunderter Toter von einem Aufatmen redet.
Morgen soll es einen vorgezogenen Corona-Gipfel entweder im Kanzleramt oder digital geben. Man hat Angst vor der Ausbreitung des mutierten Virus. Schon jetzt sickert durch, dass die Einschränkungen des Lockdowns verschärft und verlängert werden sollen.

Montag, der 18.Januar 2021.
Ein Kindergarten in Dormagen-Nievenheim
muss wegen eines Corona-Falles
schließen.
25 Personen haben sich angesteckt.

Der Kindergarten meines Enkels in Nievenheim
muss bis auf weiteres geschlossen bleiben. Ein
Betreuer hat sich mit dem Corona-Virus infiziert.
Weitere Kontaktpersonen haben sich angesteckt.
Ich bin so froh, dass mein Enkel seit Mitte Dezember
nicht mehr in der Kita war. Aber jetzt müssen alle
Eltern die Betreuung wieder übernehmen. Und ich
bekomme meine Enkel immer noch nicht zu sehen,
weil die Großeltern ja geschützt werden müssen. Es
ist zum Heulen.
Wir müssen uns noch mehr einschränken.
Mich schockt langsam gar nichts mehr. Besser jetzt
ein totaler Lockdown als monatelang das Virus im
Nacken zu haben. Jeden Abend zur schönsten
Sendezeit gibt es wieder auf allen Sendern
Sondersendungen und Extras zur Impfung, zur
Mutation, zu möglichen Ausgangssperren etc.
Ab heute sollen die Krankenhäuser mit dem
Impfstoff versorgt werden, damit die Angestellten,
die an vorderster Front arbeiten, ihre erste Impfung
erhalten. Mittlerweile sind über 1,1 Millionen
Menschen in Deutschland geimpft worden. Ich höre
und lese auch nichts von unerwünschten
Nebenwirkungen.

In NRW bekommen ab heute alle über 80-jährigen von Minister Laumann schriftlich mitgeteilt, wann und wo sie sich impfen lassen können.
Folgende Informationen lassen sich im Voraus schon im Internet als PDF downloaden:

- „Aufklärungsmerkblatt zur Corona-Schutzimpfung
- Einwilligungsbogen zur Corona-Schutzimpfung
- Ersatzbescheinigung zur Corona-Schutzimpfung
- Leitfaden für Ärzt:innen im Patient:innengespräch zur Corona-Schutzimpfung
- Leitfaden für Patient:innen und Bürger:innen zur Corona-Schutzimpfung
- Infopapier Impfzentren
- Terminkärtchen"

Sobald ich mit dem Impfen dran bin, muss ich folgende Unterlagen mitbringen:
Personalausweis,
Krankenversichertenkarte,
Terminbestätigung,
Einwilligungsbogen
Unterdessen warte ich auf die Ergebnisse des Corona-Gipfels.

Heute, am Montag, ist Umzug bei den Trumps. Sie ziehen nach Palm Beach in Florida. Seit Dienstag stehen die Möbelwagen vor der Tür und räumen Karton für Karton aus dem Weißen Haus. Das wird aber auch Zeit, finde ich. Am Mittwoch will schließlich Joe Biden mit seiner Familie einziehen. Das weiß man ja selber, dass das an ein- und demselben Tag kaum möglich ist. Nachdem man ausgezogen ist, muss ja erst noch geputzt und aufgeräumt werden. Vielleicht werden auch noch Wände frisch gestrichen und Tapeten geklebt, Gardinen aufgehängt, das Parkett abgeschliffen und die Klobürsten ausgetauscht. Und wer schreibt eigentlich das Übernahmeprotokoll? Nicht, dass es noch unerwartete Mängel gibt, die den Einzug unmöglich machen. Einen Hund hat es bei den Trumps ja nicht gegeben. Aber eine Katze. Vielleicht steht in irgendeinem Zimmer noch ein verwaister Kratzbaum?

Normalerweise übergibt der abgewählte Präsident seinem Nachfolger das Weiße Haus mit einem Rundgang durch alle Zimmer. Das wird ein langer Spaziergang, denn das Weiße Haus hat 132 Räume. Hier ist das Bad, dort das Schlafzimmer, hier das Oval Office, hier wieder ein Bad. Allein davon gibt es 35 Stück.

Das alles fällt in diesem Jahr flach. Nicht wegen Corona, sondern weil Donald Trump keine Lust hat. Er ist schon abgereist und will bei der Amtseinführung nicht dabei sein. Er ist wohl immer noch beleidigt, dass er die Wahl verloren hat. Zum Glück kennt Joe Biden die

Örtlichkeiten, da er von 2008-2012 Vizepräsident unter Barack Obama war. Er weiß wo die Lichtschalter sind.

Ich bin gespannt, welche Extras er sich einbauen lässt. Bei Barack Obama war es ein Basketballplatz. Die erste halbe Million Dollar wird investiert in eine gründliche Reinigung beziehungsweise Desinfektion aller Gegenstände. Biden hat Angst, dass sich in seinem Haus Corona-Viren befinden und ausbreiten. Immerhin haben Melania und ihr Sohn ihre Corona-Erkrankung hier auskuriert. Bei seinem Alter von 78 Jahren kann ich das nachvollziehen. Vielleicht werden auch Teppiche beseitigt wegen einer möglichen Stolperstelle. Seniorengerechte Einrichtung. Wer weiß.

Dienstag, der 19.Januar 2021, 22 Uhr. Eilmeldung: Der Lockdown wird verlängert bis zum 14.Februar 2021. In öffentlichen Verkehrsmitteln und beim Einkaufen müssen FFP2-Masken oder OP-Masken getragen werden. Homeoffice soll ausgeweitet werden. Schulen und Kitas bleiben zu.

Ich werde heute früh wach von der Stille, die draußen herrscht. Ich gucke auf die Uhr. 6 Uhr. Haben wir heute Sonntag? Wieso höre ich über mir in der Wohnung keine Schritte und keine Klospülung wie sonst immer? Was ist los? Wo bleiben die vielen

Autos, die doch sonst schon auf den Straßen zu hören sind? Haben etwa alle verschlafen?

Jetzt fällt es mir ein. Wo immer es geht, soll von zu Hause gearbeitet werden. Anscheinend geht das bei fast allen, denn die Straße ist leer am frühen Morgen. Auch der Verkehrsbericht im Radio meldet nur wenige Staus in NRW. Na bitte. Geht doch.

Ein paar Geschäftsleute haben sich etwas Schlaues einfallen lassen. Um nicht pleite zu gehen, haben sie sich ein System „**click&collect**" ausgedacht. Kunden bestellen im Internet ihre Ware und können sie im Geschäft abholen. Alles mit Sicherheitsabstand und regelkonform.

Es sind nicht nur Bekleidungsgeschäfte, sondern auch Restaurants oder Möbelläden, die diesen Service anbieten. Von den Kunden wird dieser Service gerne in Anspruch genommen. Man bleibt in Kontakt und die Geschäftsleute haben ein paar Einnahmen.

Mittwoch, der 20.Januar 2021.
Die Welt schaut nach Washington. Joe Biden wird in sein Amt eingeführt. Ebenso die Vizepräsidentin Kamala Harris.
Um 18 Uhr mitteleuropäischer Zeit werden sie vereidigt.

Zum ersten Mal in der Geschichte Amerikas übernimmt eine Frau das Amt als Vizepräsidentin. Eine schwarze Frau. Das hat es bisher noch nie gegeben. Eine schwarze Frau. Ist Amerika jetzt durchgeknallt? Haben sie mit Trump nicht schon genug Ärger gehabt?

Donald Trump verabschiedet sich mit seiner Familie schon am frühen Morgen am Flughafen, hält noch eine kurze Rede vor wenigen Fans und verlässt Washington zum letzten Mal mit der Präsidentenmaschine. Wie so häufig verzichten er und seine Frau Melania auf das Tragen einer Atemschutzmaske. Sie sind die Einzigen, die sich nicht an die Vorschriften halten. Oder gibt es keine Vorschriften, sondern nur Empfehlungen?
Mit an Bord ist der Atomkoffer. Hoffentlich kommt der Koffer am Nachmittag wieder zurück zu dem neuen Präsidenten.
Zum Glück brauchen wir uns da keine Sorgen zu machen. Der Koffer wird Joe Biden am Nachmittag übergeben. Ich hab´s im Fernsehen gesehen.

Donnerstag, der 21.Januar 2021.
Die Zahl der Toten in Deutschland überschreitet die Zahl von 50.000.
Die Zahl der Infizierten geht leicht zurück, jedoch die Zahl der Toten nicht.
Fast täglich sind es 1.000 Tote.
Die Verteilung des Impfstoffs von BioNTech kommt ins Wanken. Es gibt Lieferengpässe.
Gerade noch hat man sich gefreut, dass endlich geimpft werden kann, da gerät schon alles wieder aus

den Fugen. Es gibt momentan keinen Impfstoff mehr. Die Menschen, die bereits einen Termin haben, werden vertröstet auf Anfang Februar. Die Krankenhäuser können nicht beliefert werden.

Durch Zufall lese ich, dass es in Indien einen Großbrand bei einem Impfstoffproduzenten gegeben hat. In diesem Institut wird der Corona-Impfstoff von AstraZeneca hergestellt. Es gibt fünf Tote bei dem Brand. Komisch, dass diese Meldung es nicht bis in die Tagesschau geschafft hat.

Und warum wird der Impfstoff von BioNTech im Moment nicht ausgeliefert? Angeblich, weil die Produktionsstätte in Deutschland nach Marburg verlegt wird. Oder weil es im belgischen BioNTech-Werk Umstellungen gibt. Ich weiß es nicht.

Ab Montag, den 25.Januar sollen in NRW Impftermine für die über 80-jährigen vergeben werden. Sie haben zuvor vom Ministerium einen Informationsbrief bekommen. Bereits vergebene Termine, die auf Grund des Lieferengpasses nicht eingehalten werden konnten, verfallen.

Mein Enkel hat auch einen Brief bekommen. Einen Brief mit dem Bundesadler auf dem Briefbogen und Anschrift an Herrn Til H.

Nein, nicht wegen eines Impftermins.

Der Brief ist von der Bundesregierung und fängt an mit: „Sehr geehrter Herr H, …" Er darf sich nach Vorlage seines Personalausweises zweimal je sechs FFP2-Masken mit einem Berechtigungsschein in der Apotheke abholen. Mein Enkel kann noch gar nicht lesen. Er ist gerade einmal 6 Jahre alt und geht noch in die Kita. Irgendetwas scheint hier nicht zu stimmen. Ich bin gespannt, ob die Apotheke ihm die Masken aushändigt. Hat er überhaupt einen Personalausweis? Ich bin ganz neidisch, denn ich habe keinen Brief bekommen.

Abends erfahre ich dann von den Eltern, dass ihr Sohn als Säugling und Kleinkind häufig Bronchitis und Krupphusten hatte. Dies sei der Grund, dass er eine FFP2-Maske brauche. Das leuchtet mir ein.

Montag, der 25.Januar 2021.
Ab heute müssen in Geschäften und öffentlichen Verkehrsmitteln medizinische Masken getragen werden.
Die ersten Länder führen verschärfte Grenzkontrollen ein. Es gibt 30 Länder, die eine hohe Sicherheitsgefahr darstellen. Dazu gehören Länder wie Spanien, Portugal, Tschechien, USA, Italien, Großbritannien, Israel, Ägypten.
Ab heute früh 8 Uhr können sich die über 80-jährigen einen Impftermin geben lassen. Entweder telefonisch oder online.

Ich hatte so schöne Atemschutzmasken genäht. Was soll ich jetzt mit ihnen machen? Wegschmeißen? Ab heute darf ich ja nur noch die FFP2-Maske oder die chirurgische Maske aufsetzen. Doch dann höre ich, dass ich die selbstgenähten Masken auf Spielplätzen benutzen darf.

Es ist jetzt 9 Uhr. Nur so zum Spaß will ich mal testen, ob ich mir einen Impftermin geben lassen kann. Ich weiß, dass ich ja noch nicht dran bin.

Also rufe ich die Seite www.116117.de auf, so wie es empfohlen wird. Nichts tut sich. Die Website ist überlastet. Wahrscheinlich hängen tausende Bürger, so wie ich jetzt, gerade am Telefon und versuchen ihr Glück. Wie viele über 80-jährige gibt es eigentlich? Auf jeden Fall genug, um die Internetseite zu überlasten.

Mit dem Telefon geht es auch nicht besser. Folgende Nummer soll ich wählen, um einen Impftermin zu vereinbaren: 0800/ 11 61 17 01. Das ist die Nummer der Kassenärztlichen Vereinigung. Ständig besetzt. Bis abends. Na toll!

Montags ist ja bei so ziemlich allen der Kühlschrank leer. Also steht ein Einkauf an. Ich gehe erst in der Mittagszeit in den Supermarkt. Dann ist es nicht so voll, und dann waren die meisten Lieferanten da.

Heute bleiben allerdings die Regale beim Gemüse etwas leerer als sonst. Kommen etwa die Lieferungen aus Spanien oder Holland oder Italien nicht mehr über die Grenze? Diese Länder gehören ja zu den Corona-Hotspots. Vorsichtshalber lege ich heute mal einen Tag ohne Gemüse ein. Das bisschen, das in den Regalen liegt, sieht vertrocknet und angefault aus. Dieser Anblick hat mir den Appetit verdorben. Mit

Kartoffeln, Eiern und Nudeln lässt sich ja so einiges zaubern. Morgen werde ich Fisch essen.

Montag, der 25.Januar 2021.
Joe Biden verlängert ein Einreiseverbot
für Ausländer aus Europa.

Dienstag, der 26.Januar 2021.
Die Zahl der Todesfälle im Rhein-Kreis-
Neuss steigt auf 200. Der Inzidenzwert
liegt bei 124,6 mit steigender Tendenz.
Es gibt Zoff um den Vektor-Impfstoff.
Der Impfstoff von AstraZeneca ist
anscheinend nur für Menschen unter 65
Jahren geeignet. Die Wirksamkeit liegt
lediglich bei 60%.

Was für eine Katastrophe. Und dabei hat die EU so viel Geld in diesen Impfstoff investiert, nämlich 336 Millionen Euro. Dieser Impfstoff war vorgesehen für alle Senioren.

Ich möchte mich nicht von diesem Stoff impfen lassen, wenn die Wirksamkeit so gering ist. Da bleibe ich lieber wie gehabt zu Hause und igele mich ein bis die Pandemie ein Ende hat.

Im Moment kann dieser Impfstoff allerdings nicht in die EU geliefert werden. „Großbritannien first".

Das ist die zweite Katastrophe. Die Europäische Union schäumt vor Wut. Ebenso die Gesundheitsminister. Laut AstraZeneca gibt es keine Verpflichtung zur Lieferung bestimmter Mengen an die EU. Brüssel weist dies zurück. Was für ein Chaos. Jetzt streiten sich auch noch alle.

Es bringt doch nichts.

Wenn es keinen Impfstoff gibt, müssen wir halt warten bis es wieder einen gibt. Außerdem ist dieser Impfstoff offiziell in der EU noch gar nicht zugelassen. Das soll erst am Freitag dieser Woche geschehen.

```
Freitag, der 29.Januar 2021.
Der Impfstoff von AstraZeneca wird
zugelassen.
```

Dafür meldet der Pharmakonzern von Moderna, dass er im Februar keinen Impfstoff liefern kann. Es ist nicht zu fassen. Wieder ein Rückschlag im Impfkalender.

```
Samstag, der 30.Januar 2021.
In Deutschland sind mittlerweile 57.000
Tote registriert. Das sind 25.000 Tote
mehr
als vor vier Wochen. Allein in NRW gibt
es über 10.000 Tote.
Wer aus Portugal, Großbritannien,
Irland, Brasilien oder Südafrika kommt,
darf ab sofort nicht mehr per Bus, Bahn
oder Flugzeug einreisen.
```

Unterdessen findet in Australien das Australian-Open statt, ein riesiges Tennisturnier. Es dürfen tausende Zuschauer auf die Zuschauerränge. Man sagt, dass Australien nach einem strengen vier monatigen Lockdown Corona-frei sei. Das kann man nur hoffen.

Heute können wir wieder ein Kalenderblatt umdrehen. Wir haben Februar. Wie schnell die Zeit vergeht. In den Nachrichten wird Hochwasser am Rhein gemeldet. Manche Straßen stehen schon unter Wasser und müssen gesperrt werden. Die Fähren haben ihren Betrieb eingestellt. Während es im Süden Deutschlands frühlingshaft warm ist, sodass der viele Schnee schmilzt, bibbert der Norden und Osten bei zweistelligen Minusgraden in der Nacht.

Freitag, der 5.Februar 2021.
Am Montag, den 8.Februar beginnen die ersten Impfungen in den Impfzentren von NRW.
„Im Rahmen der Terminanmeldung hat man entweder per Post oder über einen Ausdruck per Internetlink seine persönlichen Impfunterlagen zugewiesen bekommen.
Es handelt sich dabei um die Terminbestätigung, ein dreiseitiges Aufklärungsmerkblatt und eine zweiseitige „Anamnese Einwilligung". Für einen reibungslosen Ablauf sollte man zum einen die Terminbestätigung, zum anderen die anderen Bögen in zweifacher Ausfertigung ausgefüllt und unterschrieben mit sich führen. Doppelt

deswegen, weil man je einen Bogen mit Unterschriften der Ärzte wieder mit nach Hause nehmen kann."

Für alles gibt es immer ein erstes Mal.
Für mich ist es diesmal die Teilnahme an einer Video-Konferenz. Ich habe so etwas noch nie gemacht. In der Nacht davor schlafe ich unruhig, weil ich immer und immer wieder an die blöde Konferenz denken muss. Wie klappt die Anmeldung? Muss ich an meinem PC etwas einstellen, damit man mich hören und sehen kann? Soll ich nicht lieber sagen, dass sie mir die Unterlagen per Post zuschicken sollen? Dann habe ich nicht den Ärger mit der Technik. Alles Fragen, die mir den Schlaf rauben.
Am Nachmittag des nächsten Tages ist es dann soweit. Um 17 Uhr soll es los gehen. Ich habe einen 12-stelligen ID-Code zugeschickt bekommen, den ich auf der Startseite von „Zoom" eintragen soll. Um zehn vor fünf logge ich mich ein und werde erst einmal aufgefordert, das Programm auf dem PC zu installieren. Hä? Ich habe gedacht, mit dem Zugangscode komme ich direkt in das Meeting. Ja denkste. Also drücke ich auf „Installieren". Das dauert ein paar Augenblicke. Die Uhr rückt auf 16:54. Nach dem Installieren muss ich es noch downloaden. 16:55. Endlich erscheint auf dem Bildschirm die Startseite von „Zoom". Und jetzt? Am unteren Rand ist eine Symbolleiste zu sehen. Dort kann ich einen Button drücken: Meeting beitreten.

Aah. Jetzt sehe ich die anderen Teilnehmer in kleinen Ausschnitten live vor mir. Und hören kann ich sie auch. Sie haben auf mich gewartet. Es ist 17 Uhr. Ich sehe mich allerdings nicht, sondern nur meinen Namen in einem Kästchen. Ich habe keine Ahnung, ob die anderen Teilnehmer mich sehen können. Aber ich weiß, dass sie mich hören können. Los geht es. Wir werden begrüßt, und dann beginnt unser Meeting. Ich kann den Gesprächen nur bedingt folgen, weil ich mich von den Gesprächsteilnehmern auf dem Bildschirm ablenken lasse. Mich interessiert wie es bei ihnen aussieht: was sind das bei einem Teilnehmer im Hintergrund für komische Wände mit weißen Lamellen? Wer läuft denn im Hintergrund durchs Bild? Das ist alles sehr spannend.

Oh, Entschuldigung, ich muss aufpassen. Warum grinst der eine denn? Kann der mich doch sehen? Niemand sagt mir, dass ich die Bildschirmkamera einschalten kann oder soll. Ich werde mich hüten, irgendeinen Knopf auf der Symbolleiste zu drücken. Hinterher schmeißt mich das Programm während der Konferenz raus. Bloß das nicht. Ups. Da hat jemand mit einem Mal ein kleines Mädchen auf dem Schoß sitzen. Ist wohl die Tochter. Die ist neugierig, was wir so alles erzählen. Jetzt muss ich aber wirklich mal besser zuhören. Immerhin werde ich um meine Meinung gebeten. Wie war noch mal die Frage? Ach ja. Als ich antworte, fängt wieder einer an zu grinsen. Sieht der mich doch? Oder bilde ich mir das nur ein?

Ganz schön anstrengend, so einer Konferenz konzentriert zu folgen.

Ich stelle mir vor, wie schwierig so eine Video-Konferenz für kleine Kinder ist. Mein Enkel ist im 2. Schuljahr und hält auf die Art und Weise Kontakt mit seiner Lehrerin. Es ist für alle eine große Herausforderung, finde ich.

Samstag, der 6.Februar 2021.
Das Bundesamt für Bevölkerungsschutz und Katastrophenhilfe warnt aktuell vor einer Extremwetterlage für den gesamten Norden und der Mitte Deutschlands. Heftiger Schneefall und Sturm, sowie Eisregen und Schneeverwehungen werden bis nach NRW erwartet. Die Bevölkerung soll sich auf Stromausfälle und Straßensperren einrichten, Wolldecken ins Auto legen, falls man über Stunden im Auto liegenbleibt. Es herrscht Alarmstufe Rot.

Weil ich diese Warnungen schon seit gestern verfolgt habe, gehe ich heute früh direkt nach dem Frühstück einkaufen, falls ich im Laufe des Tages wegen des miesen Wetters nicht mehr dazu kommen sollte. Ich schaue nach, ob ich genügend Kerzen und Streichhölzer habe, falls der Strom wirklich ausfallen sollte. Das kann ja sein, wenn der Eisregen sich auf die Stromleitungen setzt, der Sturm alles zum Schwingen bringt und dann die Stromleitungen brechen. Ist alles schon vor Jahren im Münsterland vorgekommen.

Was kann ich mir zu essen machen- ohne Herd? Das wird schwierig. Es hilft nichts. Ich muss noch heute Vormittag vorkochen für zwei, drei Tage. Dann kann ich das fertige Essen auf dem Stövchen erwärmen. Mit Holzkohle auf dem Balkon könnte ich auch den Grill anschmeißen? Auf jeden Fall muss ich genügend Streichhölzer dahaben, sonst wird das nichts mit dem Feuer.

Samstagabend ist im Rhein-Keis Neuss noch nichts vom Unwetter zu spüren. Die ersten Schneefälle werden aus dem Norden des Landes gemeldet. Aber von einer Katastrophe sind alle noch weit entfernt. War wohl übertrieben mit den Warnungen.

Am Sonntagmorgen sehe ich, dass die Straßen weiß sind. In der Nacht hat es angefangen zu schneien. Die ersten Streu- und Räumfahrzeuge sind im Einsatz, denn der Schnee bleibt diesmal liegen. Die Temperaturen sinken fast stündlich. Am Abend sind es -3° Grad in Dormagen. Das ist für Dormagens Verhältnisse lausig kalt.

Als ich die Rollläden herunterlassen möchte, höre ich nur ein widerwilliges Brummen des Motors. Nichts tut sich. Die Rollläden streiken. Sie sind eingefroren. Nach mehrmaligem Auf und Ab ächzen und krächzen sie langsam hinunter. Geschafft. Hoffentlich bekomme ich sie morgen wieder auf. Sonst muss ich im Dunkeln sitzen.

Sonntag, der 7.Februar 2021.
Am Abend wird von der NRW-Landesregierung mitgeteilt, dass alle über 80-jährigen, die für Montag einen Termin im Impfzentrum haben, ihren Termin um vierundzwanzig Stunden verschieben können, sollten sie es nicht schaffen, bei den schwierigen Wetterverhältnissen ins Impfzentrum zu gelangen.

Darüber haben sicher schon viele alte Menschen nachgedacht. Am Montag um 14 Uhr sollen die Impfzentren ihre Türen öffnen. In Neuss werden 360 Termine für den ersten Tag vergeben. Viele Busse und Bahnen fahren nicht wegen der Schneeglätte und Verwehungen. Ich kann mir nicht vorstellen, dass es morgen besser wird. Immerhin werden noch kältere Fröste für die nächsten Tage vorhergesagt. Bis -10° Grad oder noch kälter.
Meine Rollläden sind zum Glück wieder hochgefahren, sodass ich nicht im Dunkeln sitzen muss. Meine vorgekochten Vorräte sind schon jetzt verbraucht. Da habe ich wohl falsch kalkuliert. Oder ich hatte zu großen Hunger. Immer dasselbe Dilemma. Je voller der Kühlschrank ist, desto mehr wird gegessen. Kein Wunder, dass die Pfunde auf der Hüfte stetig zunehmen. Aber es hilft nichts. Ich muss Nachschub organisieren. Also ab in die Kälte. Handschuhe, Mütze, FFP2-Maske an, und los geht's.

Auf dem Parkplatz vor dem Supermarkt ist es richtig leer. Ich kann ohne Gedränge einkaufen.

Vielleicht sind die alle auf dem Weg zum Impfzentrum?

Mittwoch, der 10.Februar 2021.
Bund und Länder treffen sich zu einem weiteren Corona-Gipfel.

Am Abend sitze ich vor dem Fernseher und lasse mich berieseln von einer Doku-Soap. Plötzlich ist das Bild weg und die Kanzlerin ist zu sehen. Nanu. Ist was in der Welt passiert? Niemand unterbricht die laufenden Sendungen ohne Grund. Es muss sich um eine Katastrophe handeln, was sonst. Aber nein. Auf allen Lokalnachrichtensendern ist in eine Pressekonferenz geschaltet worden. Die Kanzlerin erstattet Bericht über die Ergebnisse des Gipfeltreffens. Schon wieder ein Gipfeltreffen, schon wieder Verlängerungen der Maßnahmen zum Schutz gegen Covid-19. Wieder eine Sondersendung im Fernsehen nach der Tagesschau. Puh! Langsam reicht es mir.

Das sind die Ergebnisse des Gipfels:
- Der Lockdown wird bis zum 7.März verlängert.
- Über die Öffnung der Schulen und Kitas entscheiden die Bundesländer.
- Frisöre dürfen ab dem 1.März wieder öffnen.

NRW startet mit einer schrittweisen Öffnung der Grundschulen am 22.Februar in Wechselmodellen, also mal Distanz- mal Präsenzunterricht.

Für meinen Enkel, der in Dormagen zur Schule geht, bedeutet das: seine 2.Klasse wird geteilt. Die eine Hälfte kommt immer dienstags von 8-10.30 Uhr. Die zweite Hälfte von 11-13.30 Uhr. Der Rest der Woche wird von zu Hause aus gelernt.

Der Ärger darüber, dass die Frisöre wieder öffnen dürfen, ist schon vorprogrammiert. Jetzt geht das Gemeckere wieder los. Warum dürfen die öffnen? Warum wir nicht? Echt zum Kotzen.

Es hilft ja nichts. Wir wollen doch nicht ernsthaft an Corona erkranken oder sterben, oder etwa doch? Also ich nicht. Knapp 65.000 Menschen sind bereits in Deutschland mit oder an Covid-19 gestorben. „Mit" oder „an", was für eine blöde Formulierung. Ständig hört man „mit" oder „an". Irgendwie kommt es doch aufs selbe raus.

Das Virus scheint fast besiegt, doch jetzt schleichen sich neue Viren ein, die noch schlauer sind. Es sind Mutationen mit Namen B.1.1.7, eine Mutation aus Großbritannien, B.1.351, eine Mutation aus Südafrika und B.1.1.28P.1, eine Mutation aus Brasilien. Wer denkt sich diese Namen aus? Vor diesen Mutationen warnen die Virologen ganz besonders, weil sie viel ansteckender sind, vor allem auch für Kinder. In Europa breiten sich diese Viren rasend schnell aus. Die ersten Grenzkontrollen zu Tschechien und Tirol werden ab sofort verstärkt.

Es beginnt ein Wettlauf gegen die Zeit. Wir müssen impfen, was das Zeug hält. Und das nicht nur in Deutschland, sondern auf der ganzen Welt. Erste Fehler bei der Beschaffung der Impfstoffe werden kleinlaut zugegeben. Aber das hilft uns jetzt auch nichts.

Das einzige, was hilft, ist, die Kontakte weiterhin zu beschränken. Das ist nicht einfach, zumal morgen Weiberfastnacht ist.

Karneval 2021. Können wir Karneval 2021 überhaupt feiern?

Vor genau einem Jahr mussten viele Karnevalsumzüge wegen eines Sturmtiefs abgesagt werden. Da ahnte man noch nicht, dass es im darauffolgenden Jahr auch keine Karnevalsfeiern geben würde. Weder auf der Straße noch in den Sälen. Der Grund ist ein Virus. Ein böses Virus.

In den Bäckereien gibt es dennoch typisches Karnevalsgebäck, wie Berliner Ballen mit Schokofüllung oder mit Eierlikör oder Vanillecreme zu kaufen. Ein paar Luftschlangen zieren die Theke. Ansonsten ist von einer ausgelassenen Stimmung nicht viel zu spüren. Selbst am Rosenmontag haben die Supermärkte geöffnet. Das ist einzigartig im Rheinland.

Aber die rheinischen Jecken sind kreativ. Den Rosenmontagszug in Köln lassen sie nicht ausfallen. Unter dem Motto „Nur zesamme sin mer Fastelovend" wird der Zoch im WDR ab 14 Uhr live übertragen. Damit alles hygienisch einwandfrei und

Corona-konform ablaufen kann, lassen sie ihren Umzug vom Hänneschen-Theater in Miniaturformat nachspielen. Selbst die Persiflage-Wagen werden originalgetreu im Maßstab 1:3 nachgebaut. 177 Puppen werden als blaue Funken, als Dreigestirn, als Tanzgruppen und Kapellen angefertigt und ziehen vor den Fassaden der Altstadt auf der Bühne an den Fernseh-Zuschauern vorbei. Es ist eine großartige Veranstaltung.

Und am Abend gibt es im Fernsehen wie jedes Jahr die „Närrische Sitzung 2021" aus den Satory-Sälen in Köln. Ohne Publikum und ohne den Elferrat. Dennoch machen die bekannten Musikgruppen wie „Brings", „Kasalla" oder „De Höhner" und die Büttenredner Stimmung.

Auch in Mainz wird gefeiert. Wie gewohnt wird die Karnevalssitzung „Mainz bleibt Mainz" übertragen. Das Publikum besteht zum einen aus den Akteuren der Sitzung, zum anderen aus Pappmaché-Puppen. Applaus und Tusch wird vom Band eingespielt oder aber von einer Kapelle. Alles in allem bin ich zufrieden mit den dargebotenen Aktionen. Alle haben sich solche Mühe gegeben, ein wenig Stimmung in die Wohnzimmer zu bringen. Ich finde, es ist ihnen gelungen.

Es ist Aschermittwoch. Die Fastenzeit beginnt.

Der Impfstoff von AstraZeneca gerät in die Kritik. Es wird von immer stärkeren Abwehrreaktionen und mangelnder Wirksamkeit geredet. Viele Impftermine werden nicht wahrgenommen, weil die Sorge über den Impfstoff zu groß ist.

Ich bin froh, dass ich nicht diesen Impfstoff bekommen darf. Ich bin zu alt. Das Alter hat auch seine Vorteile, ich habe es immer gewusst.

Es ist gerade eine Woche her, dass die Grundschulen ihre Öffnungszeiten ab dem 22.Februar bekommen haben, da gibt es schon wieder eine Planänderung.

Du liebe Zeit, man darf wirklich nicht einen Tag lang die Nachrichten ignorieren. Jetzt also soll mein Enkel, er geht in die 2.Klasse, montags, mittwochs und donnerstags zum Unterricht kommen und nicht wie vorgesehen am Dienstag. Donnerstags allerdings nur alle vierzehn Tage. Ganz schön kompliziert.

Auch ich muss meinen Kalender auf den neuesten Stand bringen. Erst sollte ich am Dienstag einspringen, jetzt am Mittwoch. Wie gut, dass ich Zeit habe.

Der Winter scheint vorbei zu sein. Für das erste Wochenende nach Karneval werden frühlingshafte Temperaturen vorhergesagt. Endlich ist die Sonne wieder zu sehen. Die Singvögel in den Gärten stimmen ihr Gezwitscher an, und die Zugvögel kommen aus ihren Winterquartieren zurück. Die Stimmung hebt sich merklich, sowohl bei den Menschen, als auch bei den Tieren.

Trotzdem jagen mehrmals am Tag die Notarztwagen mit Blaulicht und Martinshorn durch die Straßen. Das sind auffallend viele am Tag. Entweder haben viele Menschen durch den plötzlichen Temperaturanstieg

Kreislaufprobleme oder es sind Corona-Fälle, die auf Mutationen hinweisen.

Ich werde mich mal im Hintergrund halten und auf meinem Balkon bleiben.

Der Samstag ist ein Tag zum Verlieben. Bis zu 20°Grad werden es bei strahlendem Sonnenschein. Ich ahne, was heute geschieht. Alles, was Beine hat, trifft sich draußen. Die Rheinpromenade in Düsseldorf und Köln quillt über von Besuchern. Beliebte Spazierwege sind überlaufen, Motorräder brettern über die Straßen. Die Polizei muss an vielen Stellen eingreifen und Platzverweise aussprechen.

Montag, der 22.Februar 2021.
Ab heute beginnt für alle Bundesländer der Unterricht für die Primarstufe in den Schulen.

Juchhu. Die Schule beginnt! Wenn auch nur sehr eingeschränkt. Aber immerhin. Die Lehrer freuen sich, ihre Schüler wiederzusehen. Die Eltern haben eine kleine Verschnaufpause beim Betreuen ihrer Kinder. Hoffentlich gibt es nicht wieder einen Rückschlag. Die Jugendämter vermelden einen Anstieg von Kindeswohlgefährdung. Entweder durch häusliche Gewalt oder durch Ängste und Sorgen. Viele Kinder haben Symptome wie Magenschmerzen, Kopfschmerzen, Schlafstörungen oder sie hängen stundenlang vor ihren Computern und Fernsehern.

Ich würde so gerne helfen und die Eltern entlasten, aber auf Grund meines Alters darf ich mich nicht selbst gefährden. Die Infektionszahlen steigen seit ein paar Tagen wieder. Die Mutationen haben sich bereits überall verbreitet, auch im Rhein-Kreis-Neuss.

Donnerstag, der 25.Februar 2021.
Corona-Selbsttests werden zugelassen.

Ab dem 1.März wird es in vielen Geschäften Corona-Selbsttests zu kaufen geben, so die Aussage von Jens Spahn. Ich bin gespannt wie teuer die sind und ob viele Menschen sie kaufen.

Freitag, der 26.Februar 2021.
Die EU denkt über einen digitalen Impfpass nach, der es Geimpften ermöglichen soll, Konzertbesuche oder Restaurantbesuche oder einen Urlaub zu machen. In etwa drei Monaten soll es diesen Impfpass geben. Er werde europaweit gelten.

Heute ist Frühlingsanfang- aus Sicht der Meteorologen. In NRW zeigt sich das Wetter tatsächlich von seiner besten Seite. Der Himmel ist wolkenlos, die Sonne scheint, und die Natur kündigt das Ende des Winters an. Scharen von Zugvögeln kommen seit dem Wochenende aus dem Süden zurück. Eigentlich sollte es doch ab heute Schnelltests für Jedermann in Supermärkten zu kaufen geben. Ja denkste. Es gibt keine. Nur in Apotheken kann man sie kaufen. Wir haben uns zu früh gefreut. Schon wieder eine leere Versprechung.

```
Montag, der 1.März 2021.
Frisöre dürfen ab heute wieder öffnen.
Ebenso Betriebe zur Fußpflege. Sport im
Freien ist erlaubt für ein bis zwei
Personen, also kein Mannschaftssport.
```

Schon um Mitternacht werden die ersten Kunden zu ihrem Frisörtermin erwartet. Verrückt. Vielleicht trauen sich manche Kunden erst bei Dunkelheit in die Öffentlichkeit, weil ihre wilde Mähne so hässlich aussieht. Viele Frisöre arbeiten die Nacht durch, um den Ansturm bewältigen zu können. Sie haben Erbarmen mit den vielen Problemfällen der weißen Haaransätze. Die Termine sind über Wochen im Voraus vergeben. Es wird geschnitten, gefärbt, Locken gelegt, rasiert und gestutzt. Danach gehen alle Kunden mit einem strahlenden Lächeln wieder nach Hause. So einfach ist es, die Menschen glücklich zu machen. Sogar ein paar Fernsehteams filmen diese Frisörtermine in der Nacht. Ein bisschen Reklame für den eigenen Betrieb kann ja nicht schaden.

```
Mittwoch, der 3.März 2021.
Um 14 Uhr gibt es ein Gipfeltreffen der
Kanzlerin mit den Ministerpräsidenten
```

und -präsidentinnen der Länder. Es wird
über erste Lockerungen debattiert.

In gut drei Wochen beginnen in NRW die
Osterferien. Viele Menschen denken sicher darüber
nach, einen Urlaub in Spanien oder der Türkei zu
machen. Ich bin skeptisch, ob das bis dahin möglich
ist. Alle Augen schauen nach Berlin, wo die
Ergebnisse des Gipfeltreffens verkündet werden
sollen. Zum x-ten Mal. Kurz vor Mitternacht stehen
die Beschlüsse nach heftigen Diskussionen fest.
Armin Laschet formuliert es folgendermaßen: „Wir
wollen weg vom pauschalen Schließen, hin zu
kontrollierter Sicherheit." Toll!
Aber was heißt das jetzt?
**Der Lockdown wird grundsätzlich bis zum
28.März verlängert.**
Aber es gibt eine stufenweise Öffnungsstrategie mit
eingebauter Notbremse.

Für NRW gelten folgende Beschlüsse:
- Zwei Haushalte dürfen sich wieder treffen
  mit maximal fünf Erwachsenen,
- Keine Beschlüsse zur Schule,
- Shoppen mit Termin erlaubt ab 8.März,
- Öffnungen von Buchläden,
  Blumengeschäften und Gartencentern, wenn
  die Inzidenzzahl unter 100 liegt,
- Öffnungen für Fahr- und Flugschulen mit
  tagesaktuellem Test,

- ein kostenloser Schnelltest pro Woche pro Person,
- Gastronomie darf frühestens ab 22. März öffnen,
- Zoos, Museen, Galerien und botanische Gärten dürfen ab dem 8.März wieder öffnen, wenn der Inzidenzwert unter 50 liegt,
- Individualsport draußen ist erlaubt für 5 Personen aus 2 Haushalten oder maximal 20 Kinder.

Es bleiben trotzdem noch viele Fragen offen. Zum Beispiel: gilt der Inzidenzwert des Landkreises oder der Inzidenzwert einer Stadt oder gar von NRW? Wo gibt es kostenlose Schnelltests und wer führt diese durch? Fragen über Fragen.

Eines ist jedoch sicher: sobald ein Inzidenzwert über 100 steigt, wird alles wieder geschlossen.

Mir bleibt also nichts anderes übrig, als entweder immer noch zu Hause zu bleiben und Kontakte zu vermeiden so lange bis ich geimpft bin. Das kann dauern.

Die Bundesregierung hat eine Grafik herausgegeben, um die einzelnen Schritte besser erklären zu können und übersichtlicher zu machen. In fünf Schritten zur Öffnung lautet die Devise.

Angeblich soll es morgen im Aldi die ersten Schnelltests für den privaten Gebrauch geben. Es handelt sich dabei um den Antigen-Schnelltest der Marke „SARS-CoV-2 Rapid-Test". Für eine Fünfer-

Packung zahlt man 24,99 Euro. Es wird ein Nasenabstrich durchgeführt. Innerhalb von 15 Minuten hat man das Ergebnis. Jetzt die Frage: was mache ich, wenn der Test ein positives Ergebnis zeigt? Wir können alle nur hoffen, dass sich diese Personen dann sofort in Quarantäne begeben und einen PCR-Test so schnell wie möglich machen lassen.

Ich werde mal jemanden aus der Familie zum Ausspähen zu Aldi hinschicken. Wahrscheinlich werden ab morgen die Schnelltests gehamstert und nicht mehr Klopapier und Nudeln. Das vermuten die Verantwortlichen jedenfalls. Also wird pro Kunde nur eine Packung ausgegeben.

Samstag, der 6.März 2021.
Bürger und Bürgerinnen können ab heute bei Aldi Selbsttests kaufen.

Schon vor 7 Uhr am Morgen stehen die ersten Kunden vor der Tür zu Aldi. Natürlich wollen sie alle einen Test kaufen, was sonst. Innerhalb von wenigen Minuten ist die Ware ausverkauft. Es gab nur zehn Packungen. Aber es wird versprochen, dass im Laufe des Tages weitere Lieferungen eintreffen sollen. Man kann sich online ein Päckchen reservieren, aber schon nach kurzer Zeit ist die Internetseite überlastet und stürzt ab. Das war ja klar! Bei Lidl gibt es das gleiche Problem. Hier kann man die Selbsttests nur online erwerben, aber auch hier stürzt die Seite ab.

Es ist jetzt gerade vier Wochen her, dass der Impfstart in Deutschland begonnen hat. Was mich interessiert, ist, wie viele Menschen schon einen Impfstoff erhalten haben. Und zwar nicht nur in Deutschland, sondern auch in Europa und in Ländern wie Israel, USA oder Chile. Von dort hört man nämlich nur Gutes, was das Impfen anbelangt.

Die Zahlen sind ja wirklich erstaunlich. Nahezu identisch sind die Zahlen von unseren Nachbarn bzw. den Europäern.

Israel toppt alles. Wo kriegen die denn ihren Impfstoff her? Oder haben die einen eigenen, den sie nicht rausrücken? Ich lese, dass der Impfstoff aus Russland kommt: „Sputnik V".

Datum	Länder	1.Impfdosis	2.Impfdosis
05.03.2021	Israel	54,17%	40,4%
	USA	16,92%	8,74%
	Chile	21,27%	2,83%
	Deutschland	5,7%	2,83%
	Frankreich	5,06%	2,74%
	Spanien	6,67%	2,86%
	Italien	5,91%	2,64%
	Griechenland	6,51%	3,37%
	Belgien	4,98%	2,89%
	Dänemark	8,54%	3,27%

Nur im Gazastreifen gibt es viele junge Leute, die sich nicht impfen lassen können, weil es hier zu wenig Impfstoff gibt. Israel fühlt sich für die Palästinenser nicht zuständig.

Hier geht es nur um Politik, nicht aber um Menschlichkeit.

Was im deutschen Bundestag geschieht, hat mit Menschlichkeit auch nicht viel zu tun.

Im deutschen Bundestag gibt es zwei schwarze Schafe, die sich bereichert haben bei der Beschaffung von Mundschutzmasken. Es geht um mehrere Hunderttausend Euros, die sie sich in ihre Taschen gesteckt haben. Jetzt rollen ihre Köpfe. Vielleicht rollen noch mehr als nur die zwei. Im Bundestag wird schnell eine passende Überschrift gefunden: die Maskenaffäre. Hört sich an wie ein Thriller. Armin Laschet ist stinksauer. Diese schwarzen Schafe kommen nämlich aus der CDU/CSU und schädigen das Image der Partei. Er setzt den Abgeordneten im Bundestag ein Ultimatum bis Freitag, 18 Uhr. Bis dahin haben alle Zeit, sich zu melden, falls sie finanziell von der Corona-Pandemie profitiert haben. Aber es meldet sich keiner mehr.

Montag, der 8.März 2021.
Ab heute wird der Lockdown gelockert.
Jeder Bürger kann sich einmal pro Woche kostenlos auf Corona testen lassen.
Erzieher, Lehrer sowie Polizisten sollen in NRW ab heute einen Impftermin bekommen können.

Der Lockdown wird gelockert. Eine tolle Nachricht! Oder nicht?

Die ursprüngliche Impfreihenfolge wird somit abgeändert.

Und wie ist das jetzt mit den kostenlosen Schnelltests für jedermann? Es ist ja schön und gut, dass es diese Möglichkeit jetzt gibt, aber keiner kann mir am Montagmorgen sagen, *wo* ich den kostenlosen Test machen lassen kann. Erst in der Mittagszeit hat sich die Bundesregierung dazu geäußert.

So soll es dann funktionieren: in den Apotheken, bei den Hausärzten und/ oder den Rettungsdiensten könne man sich einen Test vorstellen. Das wäre natürlich abhängig davon, wie die örtlichen und personellen Möglichkeiten vor Ort aussehen. Alle Sätze im Konjunktiv. Alles mit ganz vielen Fragezeichen. Hauptsache testen.

„Click and meet"

In vielen Schaufenstern sehe ich Schilder mit dieser Aufschrift. Click and meet. Aber was heißt das?

Viele Geschäfte öffnen seit heute wieder. Mit einem Termin kann ich für eine vorgeschriebene Zeit einkaufen gehen. Wer keinen Termin hat, muss draußen warten bis es eine Lücke gibt. Das kann unter Umständen mehr als zwei Stunden dauern. Ich sehe, dass es viele Menschen gibt, die keinen Termin, aber Zeit haben und unbedingt einkaufen wollen. Es gibt endlos lange Schlangen vor manchen Läden. Sobald sie an der Reihe sind, müssen sie Zettel mit ihren Kontaktdaten ausfüllen. Dann endlich kann die Shoppingtour beginnen.

Der Wochenplan könnte so aussehen:

Montag von 9:00 -9:30 Uhr Schuhe kaufen, von 10:00 -10:30 Uhr Jeans und andere Klamotten, um 10.45 Uhr in den Deko- und Bastelladen usw. Gartencenter und Buchläden können ohne Vorankündigung besucht werden. Ob das Spaß macht? Na klar.

Ich habe morgen endlich einen Frisörtermin! Nach drei Monaten. Ich sehe aus wie ein gerupftes Huhn.

Bevor ich den Salon betreten darf, muss ich meine Hände desinfizieren und natürlich die Gesichtsmaske anziehen. Dann gibt es noch ein Blatt, auf dem ich meinen Namen, Adresse und Uhrzeit notieren muss, falls was passiert. Dann nehme ich Platz am Waschpult. Richtig wohl fühle ich mich nicht beim Haarewaschen und -schneiden, denn die Friseurin kommt mir doch ganz schön nah. Und sie trägt keine FFP2-Maske, sondern nur die dünne hellblaue OP-Maske. Vorsichtshalber halte ich so gut es geht meinen Mund, um sie nicht in ein Gespräch zu verwickeln. Aber aus Höflichkeit stellt sie mir hin und wieder Fragen nach meinem Befinden, den Plänen für einen Sommerurlaub und was es sonst noch Interessantes herauszufinden gibt. Ich denke immer nur: *sei doch endlich still. Die Aerosole schwirren doch schon über meinen Kopf. Ich möchte mich nicht anstecken.*

Aber sie wird immer gesprächiger. Auch am Nachbarstuhl wird gequatscht und getratscht. Das ist so üblich beim Frisör. Schließlich ist das ein beliebter

Ort, wo man seine Probleme abladen kann. Das große Thema: Corona. Wer hätte das gedacht? Endlich, nach zwanzig Minuten, bin ich fertig und kann nach Hause. Die Frisur sitzt, und ich kann an der frischen Luft wieder tief durchatmen.

Die dritte Welle

Es ist nicht zu übersehen. Die dritte Welle der Pandemie rollt über das Land. Überall schnellen die Infektionszahlen in die Höhe. Es ist zum Heulen. Und diesmal trifft es die Jüngeren. Es muss mehr getestet werden, damit die Corona-Infektionen schneller aufgedeckt werden können. Solange das mit dem Impfen nicht zügig vorangeht, müssen wir testen, was das Zeug hält.

Mittwoch, der 10.März 2021.
Für den Rhein-Kreis-Neuss werden ab nächster Woche viele Schützenhäuser zu Testzentren umfunktioniert. Ab Freitag, den 12.März kann man einen Termin online vereinbaren. Ab Montag beginnen die kostenlosen Tests.

Das ist eine tolle Idee. Denn viele Apotheken können auf Grund fehlender Räumlichkeiten keine Tests anbieten. Viele werden sich jetzt fragen, warum ich ausgerechnet den Rhein-Kreis-Neuss und Dormagen nenne. Das liegt erstens daran, dass ich hier wohne und mich gut auskenne und zweitens daran, dass das Stadt-Archiv in Zons sich über jeden Beitrag zur Corona-Situation im Heimischen freut.

Bis jetzt sind in Dormagen lediglich die Rhein-Apotheke auf der Krefelder Straße und die Rathaus-Apotheke dazu in der Lage. Die Rhein-Apotheke nutzt dabei die Räumlichkeiten des benachbarten Restaurants Poseidon. Eine vorherige Terminvereinbarung auf der Homepage der Apotheken ist Voraussetzung für einen kostenlosen Test.

Für einen Test in meinem Stadtteil kann ich mich entweder im Internet oder telefonisch unter der Nummer 02133-257-805 anmelden.

Es gibt sogar in einigen Städten die Möglichkeit eines Drive-In-Testzentrums. Da kann man im Auto sitzen bleiben, kurbelt nur das Fenster runter, schiebt sich das Teststäbchen in den Hals oder in die Nase oder in beides, und schon ist man fertig. Nach 15-20 Minuten bekommt man das Ergebnis mitgeteilt. „Bleib negativ!", wird einem mit auf den Weg gegeben. „Bleib negativ!" Ich probier´s.

In folgenden Stadtteilen Dormagens gibt es Testzentren. Sie sind zu erreichen unter: dormagen.de/terminvergabe:

- Bürgerhaus Horrem ist zentrale Teststelle Dormagens

- Schützenhaus Delhoven (montags von 14-20Uhr)
- Schützenhaus Stürzelberg (dienstags von 14-20Uhr)
- Schützenhaus Dormagen (mittwochs von 14-20Uhr)
- Schützenhaus Straberg (donnerstags von 14-20Uhr)
- Johanneshaus Delrath (freitags von 14-20Uhr)

Fast täglich kommen neue Standorte dazu.
Für alle anderen Städte unserer Bundesländer gibt es auch ab sofort zahlreiche Testzentren. Meistens werden sie in den Bürgerämtern der Stadt aufgelistet.
Freitag, der 12.März 2021.
Alle 240 Abgeordneten der CDU/CSU geben eine Ehrenerklärung ab. Sie bestätigen damit, dass sie finanziell nicht von der Pandemie profitiert haben.

Das Wochenende hat begonnen mit stürmischem Wind und kübelweise Regen. Die Straßen sind wie leergefegt. Im Radio höre ich, dass rund um Winterberg wieder alle Skipisten geöffnet sind. In der Nacht ist ein Hauch von Neuschnee gefallen, richtig winterlich sieht es auf der Webcam nicht aus, aber die Pisten sind gut präpariert. Wintersportler müssen sich jedoch vorher anmelden, damit es nicht wieder so ein Chaos gibt wie nach Neujahr. Am Ende des

Wochenendes sind alle glücklich. Es gab kein Chaos. Alles war reibungslos abgelaufen. Alle haben sich an die Vorschriften gehalten. Die Ordnungsämter haben nicht viel zu tun gehabt.

```
Samstag, der 13.März 2021.
AstraZeneca meldet Lieferengpässe. Die
versprochenen Lieferungen in die EU
können nicht eingehalten werden.
```

Ich möchte nicht wissen, was in Jens Spahns Kopf vor sich geht. Er steht so schon unter enormen Druck. Der Lieferengpass bedeutet einen erneuten Rückschlag für die Impfkampagne. Die versprochenen Liefermengen von 250 Million Dosen sollen auf 100 Million Dosen Impfstoff für die EU verringert werden. Die Begründung des Unternehmens:

„Angeblich wegen Exportbeschränkungen". Hier geht es doch nur wieder um politische Machtspiele und um Geld.

Warum können wir uns nicht unabhängig machen? Wir haben doch so viele Pharmaunternehmen in Deutschland.

```
Samstag, der 13.März 2021.
Mallorca und andere Inseln der
Balearen, sowie Teile Portugals und
Dänemarks werden nicht mehr als
Risikogebiet bezeichnet. Die
Reisewarnungen werden aufgehoben.
```

Grund für die Aufhebung der Reisewarnungen sind die niedrigen Inzidenzzahlen, die auf Mallorca unter 50 liegen. Nach Ibiza und Formentera kann man noch nicht reisen.

„Allerdings müssen sich Deutsche, die nach Mallorca fliegen wollen, nach wie vor auf einem Online-Portal des spanischen Gesundheitsministeriums anmelden. Der Registrierungscode wird am Flughafen kontrolliert."

Ein negativer PCR-Test ist natürlich auch Pflicht, sonst wird das nichts mit dem Urlaub. Ist man dann endlich auf der Insel, darf man eigentlich nirgends ohne Mundschutz herumlaufen. Auch Abendessen in einem Restaurant dürfte schwierig werden, denn die werden um 17 Uhr geschlossen. Ab 22 Uhr gibt es eine Ausgangssperre bis 6 Uhr morgens.

Es wird ab sofort gebucht, was das Zeug hält. Zu Ostern wird Mallorca aus allen Nähten platzen. 300 zusätzliche Flüge will Eurowings anbieten. Schon nach wenigen Stunden sind alle Flüge ausgebucht. Die Menschen wollen endlich wieder Urlaub machen. Das kann ich natürlich gut verstehen. Aber ich habe auch große Bedenken, ob das gut geht.

Montag, der 15.März 2021.
16:45
Eilmeldung......**Eilmeldung**......**Eilmeldung**......
Die Impfung mit dem AstraZeneca-Impfstoff muss sofort eingestellt

werden. Auf Empfehlung des Paul-
Ehrlich-Instituts stoppt die
Bundesregierung die Impfung.

Seit Januar war klar, dass nur Personen unter 60 Jahren mit dem Impfstoff AstraZeneca geimpft werden dürfen, da es für die Älteren noch keine Studien zur Verträglichkeit gibt. In Deutschland haben sieben Menschen eine schwere Thrombose bekommen, nachdem sie mit AstraZeneca geimpft wurden. Dieser Impfstoff hat Blutgerinnsel in den Hirnvenen verursacht. Es gibt erste Todesfälle. Hören die Schreckensmeldungen denn gar nicht mehr auf?
Dänemark hat als erstes Land in der EU die Impfung mit AstraZeneca eingestellt. Es folgen Norwegen, Island, Bulgarien, Irland, Niederlande. Andere Länder wie Österreich, Lettland, Litauen, Luxemburg, Italien und Rumänien setzen lediglich die Impfung mit einer bestimmten Charge aus.
Wir können nur hoffen, dass die anderen Impfstoffe ausreichen, um alle Bürger so schnell wie möglich impfen zu können.

Dienstag, der 16.März 2021.
Heute werden für alle Schüler
kostenlose Schnelltests an die Schulen
verteilt. Jeder Schüler soll bis Ostern
mindestens einmal getestet worden sein.

Wie ich in den Nachrichten gehört habe, werden die Schnelltests mit DHL verschickt. Jede Schule soll eine Lieferung bekommen. Ich muss nachher mal meinen Enkel fragen, ob die Tests angekommen sind. Das interessiert mich doch.

Was soll ich sagen? Es war ja fast klar, dass keine Schnelltests in den Schulen angekommen sind. Jedenfalls nicht an der Grundschule. Was ich erfahren habe, die Lehrer lassen sich zweimal pro Woche testen. Immerhin.

Es ist bestimmt schon jedem von uns in den letzten Monaten passiert, dass er panisch reagiert und Angst hat, sich mit dem Corona-Virus infiziert zu haben. So geht es mir heute Morgen. Durch Zufall sehe ich in den lokalen Zeitungen die Überschrift: „Corona-Fälle in Frisörsalon". 50 Kunden eines Frisörsalons in Dormagen müssen in Quarantäne, weil sich Mitarbeiterinnen infiziert haben. Es ist gerade einmal acht Tage her, dass ich beim Frisör war.

Und jetzt? Acht Tage später? Katastrophe. Ich muss unbedingt herausfinden, um welchen Salon es sich handelt. Hoffentlich habe ich mich nicht angesteckt. Gestern Abend habe ich mich nicht wohl gefühlt, hatte Halsschmerzen und war hundemüde. Ob ich krank werde? Ich mache mir eine große Kanne Ingwertee. Der hilft mir eigentlich immer, wenn eine Erkältung naht. Heute Morgen fühle ich mich wieder gut. Ich schalte meinen Computer ein und lese im Internet alles, was ich aus Dormagen erfahren kann.

Aber in keinem Artikel wird der Name des Betriebs genannt.

Also rufe ich kurzerhand bei meinem Frisör an. Zum Glück stellt sich heraus, dass mein Frisör nicht betroffen ist. Ich kann also beruhigt sein. So ganz bin ich es aber nicht.

Für Samstag buche ich mir einen Termin für einen kostenlosen Schnelltest. Besser ist besser. Ich lasse mich in einer Apotheke testen, weil dort weniger Betrieb herrscht als vor den Schützenhäusern.

Samstag, der 20.März 2021.
Die Zahl der Toten im Rhein-Kreis-Neuss steigt auf 277. Der Inzidenzwert liegt aktuell bei 88,3. Der Reproduktionswert in NRW liegt bei 1,17.

Ich habe heute meinen ersten Termin für einen kostenlosen Schnelltest. Vorschriftsmäßig registriere ich mich im Internet auf der Seite der Apotheke, wähle meinen Termin auf dem Kalender aus und bekomme eine Bestätigungsmail. Diese drucke ich aus. Ebenso drucke ich einen Fragebogen aus, auf dem die Datenschutzerklärung und Fragen zu meiner momentanen Gesundheit stehen. Jetzt kann es losgehen. „Bleib negativ!", rufen mir meine Kinder hinterher.

Überpünktlich, nämlich fünf Minuten vor 12 Uhr, stehe ich vor der Apotheke. Drei weitere Kunden stehen schon vor der Tür. Ich frage sie, ob sie zum Testen oder für Einkäufe hier stehen. Nur eine Frau will sich auch testen lassen. Zur gleichen Uhrzeit wie ich. Auf die Minute genau. Das finde ich komisch. Na gut, vielleicht hat die Apotheke ja mehrere Räume für die Schnelltests. Als ich reingehen darf, zeige ich der Apothekenhelferin meine Bestätigungsmail. Sie findet es auch komisch, dass zwei Kunden zur gleichen Zeit einen Termin haben. Um Punkt 12 Uhr werde ich von einer weiteren Mitarbeiterin namentlich aufgerufen. Die andere Frau sitzt immer noch im Eingangsbereich. Sie hat keine Bestätigungsmail. Sie hat nicht mal einen Termin. Sie hat sich einfach eingeschlichen und vorgefudelt. Unerhört. Jaja, so ist es. So wird es bestimmt auch in manchen Impfzentren laufen. Ich werde von der Mitarbeiterin gefragt, ob ich einen tiefen Nasenabstrich wünsche oder lieber einen Abstrich im vorderen Bereich der Nase. Ich nehme den tiefen Abstrich. Der ist besser, beziehungsweise genauer. Vorher muss ich mir noch meine Nase putzen. „Entspannen Sie sich. Machen Sie den Mund auf und die Augen zu. Dann geht es einfacher.", so die Apothekenhelferin. Sie schiebt mir ein Wattestäbchen bis zum geht nicht mehr in die Nase. Ich habe das Gefühl, als würde das Wattestäbchen hinten im Rachen wieder herauskommen. Drei bis vier Sekunden lang dreht sie das Stäbchen hin und her, dann zieht sie es aus meinem Nasenloch heraus, steckt es in ein kleines Röhrchen mit Flüssigkeit, schüttelt das Röhrchen und träufelt drei Tropfen davon auf einen Teststreifen. Jetzt heißt es abwarten.

Nach fünf Minuten ist alles erledigt. Ich darf gehen. Das Resultat wird mir über einen link per E-Mail mitgeteilt. Außerdem würden sie mich anrufen, falls der Test positiv ausfällt. Mein Telefon bleibt aber still.

Ich bin frei von Corona-Viren. Ich bin negativ.

Zumindest heute. Für nächsten Samstag buche ich mir direkt den nächsten Termin.

Sonntag, der 21.März 2021.
Der Inzidenzwert in Deutschland steigt auf über 100. Im Rhein-Kreis-Neuss auf 95.
Montag, der 22.März 2021.
Ein Gipfeltreffen der Kanzlerin mit den Ministerpräsidenten und -präsidentinnen steht heute auf der Tagesordnung. Es soll über mögliche Lockerungen oder Schließungen zu Ostern debattiert werden.

Erst am Morgen des nächsten Tages, also am Dienstag, werden die Ergebnisse bekannt gegeben. Man hat bis weit in die Nacht hinein auf das Heftigste diskutiert und gestritten. Größte Streitigkeiten gab es wohl bei den Themen Tourismus und Reisen.

Der Lockdown wird bis zum 18.April verlängert. Zurück zum click&collect. Alles, was vor einer Woche geöffnet werden durfte, muss jetzt wieder schließen. Es gibt keine Terminvergabe mehr bei den Geschäften.

Für das gesamte Land gilt:
- Der Lockdown wird bis zum 18.April 2021 verlängert,
- Ab Montag, den 29.März müssen die Geschäfte, Zoos und Museen wieder schließen,
- Ab Gründonnerstag bis Ostermontag wird es eine strenge fünftägige Ruhephase geben mit Schließung aller Läden, einzige Ausnahme ist der Karsamstag, an dem Supermärkte und Tankstellen öffnen dürfen,
- Schulen und Kitas dürfen bis zu den Osterferien geöffnet bleiben,
- Private Zusammenkünfte über Ostern sind nur mit zwei Haushalten und fünf Personen erlaubt, Kinder unter 14 Jahren werden nicht mitgezählt,
- An Ostern soll es nach Möglichkeit keine Präsenzgottesdienste geben,
- Aufs Reisen ins In- und Ausland soll verzichtet werden,
- Für Reiserückkehrer aus dem Ausland soll es eine Testpflicht geben,
- Es werden mehr Tests für Schulen, Kitas und Lehrer bereitgestellt

So sieht ein harter Lockdown also aus. Es gibt fünf „Ruhetage". Von Gründonnerstag bis Ostermontag. Alles muss in diesen Tagen geschlossen bleiben. Der Gründonnerstag soll wie ein Sonn- oder Feiertag gewertet werden. Ich ahne es. Die meisten ahnen es. Es gibt schon wieder klitzekleine Ausnahmen. Am Karsamstag dürfen wenigstens die Supermärkte öffnen.

Mittwoch, der 24.März 2021.
Angela Merkel entschuldigt sich bei den Bürgerinnen und Bürgern. Sie zieht die fünf Ruhetage wieder zurück.
Diese Entscheidung sei zu unbedacht gefällt worden. Gründonnerstag und Karsamstag werden wie normale Wochentage gezählt.

Ich glaub, ich dreh durch. Jeden Tag eine andere Nachricht. Mal Hü mal Hott. Ihr könnt mich langsam alle mal.
Jetzt also ein etwas entspannteres Einkaufen vor Ostern. Aber sonst bleibt alles wie vom Bund beschlossen. Kontakteinschränkungen, Schließung der Geschäfte, Essen to go.
Ab Montag, den 29.März gelten diese Vorschriften.

Donnerstag, der 25.März 2021.
Die Kinder der Grundschule in Nievenheim werden alle getestet.

Am Nachmittag ist klar: die gesamte Schule ist Corona frei. Das ist eine gute Nachricht. Auch für mich als Oma. Denn heute sollen meine Enkel zu mir kommen.

Ich gewöhne mir ab sofort an, zweimal in der Woche einen Test zu machen. Vorsichtshalber frage ich nach, ob ich den Test selber bezahlen muss, wenn ich mehr als einmal pro Woche mich testen lassen will. Die Antwort: nein. Es würde mich nur dann etwas kosten, wenn ich den Test nicht für mich privat mache, sondern ein Arbeitgeber darauf besteht. Theoretisch darf ich mich jeden Tag kostenlos testen lassen. Wieder ein Stück schlauer geworden.

Samstag, der 27.März 2021.
Dormagen will ab Montag, angelehnt an das Tübinger Modellprojekt „Öffnen mit Sicherheit", weitere Öffnungsperspektiven ermöglichen.

Gut, dass ich das wöchentliche Käseblättchen nicht direkt entsorgt habe. Sonst hätte ich das gar nicht mitgekriegt. Diesmal habe ich es gelesen, weil eine Überschrift mich neugierig gemacht hat. *„Dormagen will ab dem 6.April die Luca-App nutzen"*.
Von dieser App habe ich schon öfters gehört. Aber was kann diese App? Bevor ich diese App auf mein Handy lade, werde ich mich mal schlau machen. Folgendes ist zu lesen:
„Luca kann überall da eingesetzt werden, wo Menschen zusammenkommen. Luca ermöglicht eine verschlüsselte und datenschutzkonforme Kontaktdatenaufnahme und eine schnelle und lückenlose Nachverfolgung von Infektionsketten."

Das hört sich gut an. Die bisherige Corona-Warn-App war nicht so erfolgreich, wie sich jetzt herausgestellt hat. Vorteil der Luca-App ist, dass die Gesundheitsämter die Daten entschlüsseln können. Das konnte die Corona-Warn-App nicht.

Die Luca-App verspricht:

- *Schnelle und lückenlose Kontaktrückverfolgung im Austausch mit den Gesundheitsämtern*
- *Direkte Benachrichtigung bei Risikobewertung durch die Gesundheitsämter*
- *Verschlüsselte, sichere und verantwortungsvolle Datenübermittlung*
- *Automatisch erstellte und persönliche Kontakt- und Besuchshistorie*

Ich lade die Luca App auf mein Handy. Ich muss meine Kontaktdaten eingeben und auch meine Telefonnummer. Dann bekomme ich per E-Mail einen Sicherheitscode zugeschickt. Den trage ich in das vorgesehene Feld ein und bestätige damit meine Angaben. Und schwups habe ich einen QR-Code auf dem Handy, mit dem ich jetzt überall einchecken kann. Nur das Gesundheitsamt kann meine Daten entschlüsseln. Aber wie gesagt, erst ab dem 6.April. Ich bin nichtsdestotrotz vorbereitet.

Vorerst begnüge ich mich mit den kostenlosen Schnelltests. Heute habe ich meinen zweiten Termin. Wieder bin ich negativ getestet. Was für eine Erleichterung.

Es gibt wieder eine Änderung. Ab Montag, den 29.3.21 darf mit einem negativen Corona-Test mit Termin eingekauft werden. Ob das auch gilt, wenn der 7-Tages-Inzidenzwert über 100 liegt, kann ich gar nicht genau sagen. Alles ändert sich momentan von einer Minute zur anderen.

Vom click&collect wieder zum click&meet und zurück.

Ich glaube, das ist „Versteckte Kamera". Oder eine besondere Art von Konzentrationsübungen. Wenn dich heute einer fragt, was morgen gilt, kann das morgen schon wieder ganz anders aussehen. Vor einer Woche durfte ich noch in die Geschäfte gehen, jetzt nicht mehr. Oder doch? NRW beschließt, dass auch bei einem Inzidenzwert über 100 und einem negativen Test Zoos, Museen, Geschäfte etc. mit einem gebuchten Termin besucht werden dürfen. Der Test darf nicht älter als 24 Stunden sein. Dabei sollte es bei einer Inzidenz über 100 einen sofortigen Lockdown geben. Eventuell sogar Ausgangssperren. Ich versteh die Welt nicht mehr. Also wieder ein Schlupfloch.

Sonntag, der 28.März 2021.
Deutschland steckt mitten in der dritten Welle der Pandemie. Die Rufe nach einem längeren und härteren Lockdown nehmen zu, denn die Zahlen steigen rapide an. Die 7-Tage-Inzidenz liegt bei 129,7. „Wir stehen vor sehr schweren Wochen", sagt Herr Wieler.

Montag, der 29.März 2021.
Die Impfung mit dem Impfstoff von AstraZeneca wird für Frauen unter 55 Jahren sofort eingestellt. Grund ist ein Todesfall einer 47-jährigen Frau nach der Impfung.

Die Osterferien haben heute in NRW begonnen. Da schockt diese Meldung über den sofortigen Impfstopp. Es betrifft den Impfstoff von AstraZeneca. Was ist passiert? Eine 47-Jährige aus dem Kreis Euskirchen ist an einer Sinusvenenthrombose gestorben. Immer wieder hört man aus anderen Ländern von diesen Nebenwirkungen und von Todesfällen. Schon Mitte März verhängen etliche Länder einen Impfstopp mit AstraZeneca.

Es ist der Bundesregierung klar, dass Frauen unter 55 Jahren nicht mehr mit AstraZeneca geimpft werden dürfen bzw. sollen. Also stoppen sie erst einmal die Impfungen. Das Resultat: es folgt ein Domino-Effekt, bei dem Frankreich, Italien, Spanien, Slowenien, Portugal und Lettland dem Beispiel folgen und die Impfung stoppen. Ein Impfdebakel in Europa.

Das Paul-Ehrlich-Institut berät sich über zwei Tage. Dann fassen sie folgenden Beschluss. Die Ständige Impfkommission (STIKO) ändert die Altersempfehlung. Ab sofort dürfen (sollen) die über 60-Jährigen mit diesem Impfstoff geimpft werden. Am besten noch in den Ostertagen. Damit es vorangeht mit dem Impfen. Und nach Ostern sollen die Hausärzte mit ins Boot geholt werden. Sie sollen in ihren Praxen die Patienten impfen.

Auch Tierärzte bieten sich an. Das stelle ich mir allerdings etwas befremdlich vor. Nicht, dass ich anschließend geimpft, gechipt und entwurmt nach Hause komme.

Die freien Ostertage beginnen mit dem Karfreitag.
Weltweit gibt es bis heute 2,8 Millionen Todesfälle.
In Rom wird das Osterfest schon wieder ohne die zahlreichen Touristen gefeiert, die sonst die Stadt überfluten. Eine Ausgangssperre und verschärfte Einreisebedingungen führen dazu, dass die Stadt wie ausgestorben daherkommt.

Der abendliche Kreuzweg, den Papst Franziskus traditionell am Kolosseum begeht, findet -wie schon im letzten Jahr- am Petersplatz statt. Die ewige Stadt ist zur „roten Zone" erklärt worden. Mit nur wenigen Gläubigen meditiert Papst Franziskus den Leidensweg Christi. Die Meditationen stammen von Pfadfindern und Pfadfinderinnen und von Erstkommunionkindern aus der Region. In diesem Jahr gibt Papst Franziskus den Kindern eine Stimme.

In den Ostertagen öffnet er den Audienzsaal im Petersdom, um eintausendzweihundert Bedürftige und Obdachlose impfen zu lassen.

Seine Osterbotschaft lautet in diesem Jahr: „Weniger Waffen, mehr Impfungen. Solidarische Verteilung der Corona- Impfstoffe. Die armen Länder dürfen nicht leer ausgehen."

Freitag, der 9.April 2021.
Prinz Philip, Duke of Edinburgh stirbt im Alter von 99 Jahren.

Die Queen lässt verkünden, dass er friedlich auf Schloss Windsor eingeschlafen sei.

Freitag, der 9.April 2021.
Das Infektionsschutzgesetzt soll geändert werden. Ein Entwurf des „Notbremsen-Gesetzes" von Angela Merkel liegt bereits vor.

Endlich hört das Durcheinander von Maßnahmen auf und es wird ein bundesweit einheitliches Gesetz auf den Weg gebracht, mit dem alle Bürger etwas anfangen können.
Natürlich geht es um Inzidenzzahlen. Der magische Knackpunkt ist die Zahl ´100´. Aber auch die ´165´ und die ´200´. Ja, was denn jetzt?
Bereits jetzt ist schon durchgesickert, dass es bei einer Inzidenzzahl über 100 Ausgangssperren geben soll. Liegt der Wert über 200 dürfen Schüler nur noch im Distanzunterricht unterrichtet werden. Am kommenden Dienstag, also am 13.April soll dieses Gesetz verabschiedet werden.
Die Osterferien sind vorbei. Eigentlich sollen am Montag die Schulen in NRW wieder geöffnet

werden. Aber die Schulen bleiben laut Armin Laschet geschlossen.

Ein Tipp von mir an dieser Stelle: alle Eltern mit schulpflichtigen Kindern sollten täglich, nein stündlich, die Nachrichten verfolgen, um auf dem neuesten Stand zu bleiben. Nicht, dass am Montag doch noch der Unterricht stattfindet.

Der Inzidenzwert steigt unterdessen munter weiter. Und das nicht nur in NRW, sondern bundesweit. Heute liegt er bundesweit bei 140,9.

Wann wird endlich ein harter Lockdown beschlossen? Das fragen sich mittlerweile wieder sehr viele Bürger. Die Intensivmediziner schlagen täglich Alarm. Die Betten in den Kliniken werden knapp. Das Personal braucht eine Pause.

Zum Glück geht es mit dem Impfen zügig voran. 16% der Bevölkerung sind mittlerweile einmal geimpft worden, das sind 18 Millionen Menschen, 6% haben schon eine zweite Impfung erhalten, also etwa 5 Millionen Menschen. Das hört sich erst einmal viel an. Ist es aber nicht im Vergleich zu anderen Ländern. Hier mal eine Rangliste der Länder mit den meisten vollständig Geimpften (Stand 10.April 2021):

1. Gibraltar 88,1%
2. Israel 53,8%
3. Seychellen 40,4%
4. Bahrain 25,4%
5. Chile 24,4%

6. USA 22%
7. Jersey 21,3%
8. Isle of Man 18,5%
9. Serbien 16,7%
10. Malta 14%

Selbst Länder wie Ungarn und Serbien liegen weit vor Deutschland. Warum?
Vielleicht weil sie den Impfstoff aus Russland verwenden? Oder weil korrupte Politiker sich etliche Impfdosen für ihr Land abzweigen?
Ich weiß es nicht. „Frontal 21" hat so etwas in seiner Fernseh-Sendung angedeutet.

Dienstag, der 13.April 2021.
Das Infektionsschutzgesetz kann erst in ein paar Tagen verabschiedet werden, weil es noch einige offene Fragen zu klären gibt.

Die Opposition verhindert eine schnelle Änderung des Gesetzes. Sie will keine Ausgangssperren, sie will keine Schulschließungen, sie will nicht, dass das öffentliche Leben zusammenbricht. Ja aber was will sie denn? Soll alles geöffnet werden? Wie soll das gehen, wenn immer mehr Menschen erkranken statt gesund zu werden. Eigentlich ist jetzt die Zeit für die Ärzteschaft gekommen, mal auf die Straßen zu gehen und zu demonstrieren. Das würde bestimmt die

Politiker aufschrecken und sie handeln lassen. Aber Ärzte gehen nicht gerne auf die Straßen, um zu protestieren. Das war schon immer so. Es gibt nur ganz wenige Streiks, die von Ärzten ausgegangen sind. Und dabei ist es schon fünf nach zwölf.

Immer mehr Bekannte aus meinem nahen Umfeld bekommen ihre erste Impfung. Von gravierenden Nebenwirkungen habe ich bis jetzt nichts gehört.
Am Donnerstagnachmittag geht mein Telefon. Es ist meine Hausarztpraxis. Sie teilt mir mit, dass ich in der kommenden Woche einen Impftermin bekommen kann. Das ist mal eine erfreuliche Nachricht.

Sonntag, der 18.April 2021.
Die Zahl der Infizierten steigt weiter.
Der bundesweite 7-Tages-Inzidenzwert liegt bei 162.
Weltweit sind über 3 Millionen Menschen an Covid-19 verstorben.
Heute gibt es für sie in Berlin eine Gedenkveranstaltung und einen ökumenischen Gottesdienst aus der Kaiser-Wilhelm-Gedächtniskirche.

Frank-Walter Steinmeier lädt zu einer zentralen Gedenkfeier ein. Am Vormittag gibt es einen bewegenden Gottesdienst in der Gedächtniskirche. Anschließend lädt der Bundespräsident Betroffene und Spitzenpolitiker ins Konzerthaus am

Gendarmenmarkt ein. Angela Merkel, Wolfgang Schäuble, der Präsident des Deutschen Bundestages nehmen an dieser Feier teil und gedenken der fast 80.000 Toten in Deutschland und der über drei Millionen Toten weltweit.

Das erste Wochenende, an dem es in einigen Großstädten wie Köln und Leverkusen Ausgangssperren gegeben hat, ist überstanden. Anscheinend hat es nur wenige Verstöße gegeben. Oder die Männer und Frauen vom Ordnungsamt haben sie in den Grünanlagen im Dunklen nicht entdeckt.

Montag, der 19.April 2021.
Die Grundschulen im Rhein-Kreis-Neuss haben wieder geöffnet. Dormagen startet heute mit einer einwöchigen Testkampagne unter dem Motto „Schütze deine Liebsten!" An dreizehn Teststellen gibt es vom 19.-24.April kostenlose Corona-Tests.

In dieser Woche soll das Infektionsschutzgesetz IfSG endlich erweitert werden. Es gilt, die dritte Infektionswelle zu stoppen. Das Gesetz beinhaltet folgende Regeln, die bundesweit gelten sollen. Hier ein paar Ausschnitte:

- **„Kontaktbeschränkungen für private Treffen drinnen und draußen:**
  Die Reduzierung von privaten wie beruflichen Kontakten ist das wirksamste

Mittel, um die Zahl der Neuinfektionen zu
bremsen. Trotzdem soll keiner einsam
bleiben. Daher sind Treffen eines
Hausstandes mit einer weiteren Person auch
bei einer Inzidenz über 100 weiterhin
möglich - Treffen mit mehr Menschen
dagegen nicht.

- **Öffnungen von Geschäften:**
Auch bei einer hohen Inzidenz wird
die Versorgung der Bevölkerung mit
Lebensmitteln, Verbrauchsgütern des
täglichen Bedarfs und existentiellen
Dienstleistungen verlässlich sichergestellt.
Geöffnet bleiben der Lebensmittelhandel
einschließlich der Direktvermarktung,
Getränkemärkte, Reformhäuser,
Babyfachmärkte, Apotheken,
Sanitätshäuser, Drogerien, Optiker,
Hörakustiker, Tankstellen, Stellen des
Zeitungsverkaufs, Buchhandlungen,
Blumenfachgeschäfte, Tierbedarfsmärkte,
Futtermittelmärkte, Gartenmärkte und der
Großhandel. In allen Fällen bleiben
natürlich die Beachtung entsprechender
Hygienekonzepte und die Maskenpflicht
Voraussetzung.
Bei einer Inzidenz unter 150 wird es zudem
bei allen weiteren Geschäften möglich sein,
mit Termin und mit einem aktuellen
negativen Testergebnis einzukaufen.
Im Dienstleistungsbereich bleibt alles, was
nicht ausdrücklich untersagt wird, offen,

also beispielsweise Fahrrad- und
Autowerkstätten, Banken und Sparkassen,
Poststellen und ähnliches.

- **Körpernahe Dienstleistungen – nur in
  Ausnahmen:**
  Körpernahe Dienstleistungen sollen nur zu
  medizinischen, therapeutischen,
  pflegerischen oder seelsorgerischen
  Zwecken in Anspruch genommen
  werden. Ausnahme: der Friseurbesuch und
  Fußpflege, allerdings nur, wenn die
  Kundinnen und Kunden einen
  tagesaktuellen negativen Corona-Test
  vorlegen können – und natürlich nur mit
  Maske. Andere körpernahe Dienstleistungen
  sollen nicht mehr möglich sein.
- **Eingeschränkte Freizeit- und
  Sportmöglichkeiten:**
  Gastronomie und Hotellerie, Freizeit- und
  Kultureinrichtungen sollen bei einer
  Inzidenz über 100 schließen. Ausnahmen:
  Außenbereiche von zoologischen und
  botanischen Gärten. Sie können mit
  aktuellem negativem Test besucht werden.
  Berufssportler sowie Leistungssportler der
  Bundes- und Landeskader können weiterhin
  trainieren und auch Wettkämpfe austragen -
  wie gehabt ohne Zuschauer und unter
  Beachtung von Schutz- und
  Hygienekonzepten. Für alle anderen gilt:
  Sport ja, aber alleine, zu zweit oder nur mit
  Mitgliedern des eigenen Hausstandes.

Ausnahme: Kinder bis 14 Jahre können draußen in einer Gruppe mit bis zu fünf anderen Kindern kontaktfrei Sport machen.

- **Ausgangsbeschränkungen:**
  Im Zeitraum zwischen 22 Uhr und 5 Uhr soll nur derjenige das Haus verlassen, der einen guten Grund hat – also etwa zur Arbeit geht, medizinische Hilfe braucht oder den Hund ausführen muss. Bis 24 Uhr wird es weiterhin möglich sein, alleine draußen zu joggen oder spazieren zu gehen. Ausgangsbeschränkungen sind ein Instrument unter vielen anderen. Sie tragen dazu bei, dass Mobilität begrenzt wird. Und Einschränkungen der Mobilität helfen, die Zahl der Neuinfektionen zu senken.

- **Kein Präsenzunterricht bei einer Inzidenz über 165:** Das Infektionsgeschehen macht nicht vor der Schultür halt. Aufgrund der dynamischen Infektionslage ist es daher wichtig, auch hier zu bundeseinheitlichen Regelungen zu kommen, wenn es die epidemiologische Lage erfordert. Bei einer Inzidenz über 165 soll der Präsenzunterricht in Schulen und die Regelbetreuung in Kitas untersagt werden. Mögliche Ausnahmen: Abschlussklassen und Förderschulen.

- **Homeoffice:**
  Die Verpflichtung, Homeoffice anzubieten, wenn dies betrieblich möglich ist, ist bereits jetzt schon Bestandteil der Corona-

Arbeitsschutzverordnung. Mit der Aufnahme in das Infektionsschutzgesetz wird die Homeoffice-Pflicht verstärkt. Beschäftigte haben jetzt auch die Pflicht, Homeoffice-Angebote wahrzunehmen, wenn es möglich ist."

Quelle: Bundesgesetzblatt Jahrgang 2021 Teil I Nr. 18, ausgegeben zu Bonn am 22. April 2021

Heute, am 22.4.21 berät der Deutsche Bundesrat über das Gesetz. Ab Montag soll es in Kraft treten. Am Abend wird das Gesetz im Bundesrat durchgewunken. So schnell können neue Gesetze gemacht werden, wenn man nur will.

Und was auch noch ab sofort freigegeben ist, ist die Impfung mit AstraZeneca für alle Personen. Egal wie alt sie sind. Jeder, der sich traut, darf sich damit impfen lassen. Man möchte auf keinen Fall, dass der Impfstoff weggeworfen wird, nur weil ihn keiner haben will. Schließlich hat man ja viel Geld dafür ausgegeben.

Ich fasse das Kuddelmuddel mal zusammen:
-   Am 25.Januar 2021 wird AstraZeneca nur für Menschen **unter** 65 Jahren empfohlen.
-   Am 29.Januar wird AstraZeneca zugelassen.
-   Am 15.März wird die Impfung mit AstraZeneca gestoppt. Grund sind erste

Todesfälle durch eine Hirnvenenthrombose nach der Impfung.

- Am 29.März dürfen nur noch Menschen **über** 55 Jahren mit AstraZeneca geimpft werden.
- Ab dem 22.April dürfen jetzt alle mit AstraZeneca geimpft werden. Mutige vor.

Es gibt tatsächlich viele Mutige, die sich mit AstraZeneca impfen lassen wollen. Ich frage mich, wann die nächste Änderung kommt.

Es ist so weit. Ich bekomme meine erste Impfung in meiner Hausarztpraxis. Die Impfung für mich ist nur deshalb möglich, weil ich Kontaktperson zu einer Schwangeren bin. Ungeahnte Privilegien. Von meinem Hausarzt werde ich vorher gefragt, welchen Impfstoff ich gerne hätte. Natürlich BioNTech. Ist doch klar.

Am Vorabend muss ich erst noch meinen Impfausweis suchen. Den habe ich schon seit Ewigkeiten nicht mehr in der Hand gehabt. Zwischen Familienstammbuch und alten Zeugnissen finde ich ihn schließlich. Komisch, ich dachte, er wäre leuchtend gelb, so wie bei allen meinen Kindern. Aber nee. Er ist blass beige und noch mit meinem Mädchennamen versehen. Aus dem Jahr 1959. Das ist das Datum meiner ersten drei Impfungen gegen Diphtherie, Scharlach und Tetanus. Außerdem bin ich noch geimpft gegen Polio. Das war´s. Ich bin stolz, dass ich alles für morgen zur Impfung vorlegen kann. Neben dem Impfausweis benötige ich noch den ausgefüllten Anamnesebericht und eine Einwilligungserklärung. Die beiden Formulare fülle ich aus und unterschreibe sie.

Am nächsten Morgen stehe ich vor der Praxis. Es dürfen immer nur drei Patienten gleichzeitig in der Praxis sein wegen Corona. Vor mir stehen draußen bereits sechs weitere Menschen, die entweder auch geimpft werden möchten oder aber einen Untersuchungstermin haben. Sobald jemand aus der Praxis herauskommt, darf ein Wartender hinein. Nach fünfzehn Minuten bin ich dran. Ich gebe meine Formulare und den Impfausweis an der Rezeption ab, dann muss ich mich ins Wartezimmer setzen. Dort sitzen schon einige Patienten. Nacheinander werden ihre Namen aufgerufen. Irgendwann auch meiner. Allerdings mein Mädchenname. Der steht noch auf meinem Ausweis. Mein Hausarzt hat selten so ein antikes Stück von Impfausweis gesehen. Aber er ist entsetzt über die wenigen Einträge darin. Ich bin ja so gut wie gar nicht gegen alle möglichen Krankheiten geimpft. Um Himmels Willen. Das müssen wir aber alles in den nächsten Wochen nachholen. Meint er.

Was ich aber auf jeden Fall nachholen muss, ist ein neuer, ein gelber Impfausweis. Mit meinem richtigen Namen und Adresse drauf. Sonst kann ich womöglich gar nicht ins Ausland verreisen. Das wäre was. An so etwas habe ich bisher gar nicht gedacht. Es war ja auch bisher nie nötig.

Die Impfung ist schnell erledigt. Dann muss ich noch fünfzehn Minuten im Wartezimmer Platz nehmen. Nur zur Sicherheit, falls ich eine unangenehme Impfreaktion bekomme. Es sitzen noch sechs weitere Impflinge Stuhl an Stuhl und warten darauf, dass die Viertelstunde rumgeht. Hier kann keiner einen vernünftigen Sicherheitsabstand halten. Ich beschließe, lieber draußen im Auto vor der Praxis zu warten. Eine unangenehme Nebenwirkung bekomme ich nicht. Also fahre ich wieder nach Hause. Erst am Nachmittag desselben Tages tut mir der Oberarm weh. Ich habe gehört, dass viele Geimpfte auch davon berichten. Am nächsten Tag habe ich leichten Schüttelfrost und fühle mich schlapp. Auch eine Nebenwirkung der Impfung. Aber wenn es nicht mehr ist, bin ich zufrieden.
In sechs Wochen bekomme ich meine zweite Impfung. Das ist Anfang Juni.

Seit heute werden Impfreisen angeboten. Das muss ich mir näher anschauen. Es gibt einen regelrechten Impftourismus. Die Menschen werden in einer Pandemie wirklich erfinderisch. Von dem norwegischen Reiseveranstalter World Visitor werden Flugreisen nach Russland und/oder Israel angeboten, die sowohl eine Impfung mit „Sputnik-V" als auch einen kurzen Städtetrip beinhalten. Entweder bucht man eine Vier-Tages-Städtereise oder einen 22-tägigen Aufenthalt, damit man sich gleich zweimal impfen lassen kann. Ganz billig ist das nicht. Ich glaube, es kostet etwa 1.999 Euro pro Person und Flug. Dann muss noch der Arztbesuch mit 185 Euro bezahlt werden. Den Impfstoff „spendiert" der Präsident Wladimir Putin. Einmal pro Woche startet der Flieger von Deutschland nach Moskau. Die ersten Flüge sind bereits ausgebucht. An Bord sind fünfzig deutsche Impfwillige. Es sind alles Personen, die in Deutschland auf Grund ihrer Priorisierung noch lange nicht drangekommen wären. Nach etlichen Stunden Flug- und Fahrtzeit kommen die Impftouristen in ihrem Hotel an. Geimpft wird unter den Augen des Reiseleiters entweder medienwirksam im gebuchten Hotel oder in einer Impfklinik.

Möglich ist diese Impfreise, weil viele Russen eine Impfung ablehnen und sehr viel Impfdosen übrigbleiben. In der EU ist der russische Impfstoff „Sputnik-V" noch nicht zugelassen. Bis heute sind in Russland lediglich 7,8% der Bevölkerung zum ersten Mal geimpft worden. In Deutschland sind es 22,8%. Vielleicht trauen sie dem russischen Impfstoff nicht?

Montag, der 26.April 2021.
Seit Mitternacht werden Flüge von und nach Indien gestoppt. Indienrückkehrer dürfen nicht mehr einreisen. Eine neue Doppelmutation des Corona-Virus mit dem Namen B.1.617 macht sich in Indien breit. Indien wird als Virusvariantengebiet eingestuft.

Was für Hiobsbotschaften gibt es denn noch? Reichen uns die britischen, afrikanischen und brasilianischen Virusvarianten nicht schon? Jetzt noch eine indische? Noch gefährlicher, noch ansteckender als alle anderen. Und warum? Es gab wohl zu schnelle Öffnungen des Lockdowns.

Ich sehe noch die Bilder im Fernsehen vor mir, als sich vor etwa 14 Tagen mehrere Hunderttausend Inder im Ganges zu einem rituellen Bad anlässlich des Kumbh Mela Festes versammelt haben. Schon da haben Experten vor einem Wiederausbruch des Virus gewarnt.

14 Tage später geschieht die Katastrophe. Es infizieren sich täglich mehr als 350.000 Menschen. Mehr als 2800 Tote gibt es täglich. Die Krematorien sind übervoll. Leichen werden auf einem Scheiterhaufen vor den Krematorien verbrannt. Es fehlt an Sauerstoff, an Betten, an allem.

Gut, dass Indien so weit weg ist!

Moment mal. Den Satz kenne ich doch!

Indien ist eben nicht weit weg. Diese blöde Virus-Variante ist nämlich schon in Europa, nein in Deutschland angekommen.

Schon einundzwanzigmal! Es befindet sich sogar schon in Köln. Also vor meiner Haustür sozusagen.

Ich bin zwar schon einmal geimpft worden, trotzdem lasse ich mich zusätzlich alle fünf Tage auf das Virus testen. Bis jetzt bin ich immer negativ. Solange bis ich weiß, dass ich mich oder andere nicht mehr infizieren kann. Also bis zur zweiten Impfung. Mehr kann ich ja nicht tun. Ja gut, ich kann mich einigeln, ich kann meine Haustür zulassen. Aber will ich das? Zum Glück komme ich gut mit dem Alleinsein zurecht.

Seit es eine nächtliche Ausgangssperre gibt, sind die Nächte totenstill. Ich bin sogar schon wach geworden von dieser Stille. Mein Körper hat sich schon so an Straßenlärm gewöhnt, dass ich ohne diese Geräusche nicht mehr richtig meine Ruhe finden kann. Ganz schön verrückt.

```
Freitag, der 30.April 2021.
Dutzende    Tote   bei   Massenpanik   in
Israel.
```

Am Abend sieht man verstörende Bilder aus Israel. Über 40 Menschen sterben bei einer Massenpanik in Israel. Hunderttausend vorwiegend Ultraorthodoxe, feiern im Wallfahrtsort Meron den jüdischen Feiertag Lag BaOmer. Fast keiner trägt eine Atemschutzmaske. Das Gedränge ist groß, der Versammlungsort viel zu klein für die vielen tausend Menschen. Es sind nicht genug Fluchtwege vorhanden. Es kommt zu einer Panik, bei der viele Gläubige totgetreten werden. Am Ende des Tages werden 45 Tote und über 100 Verletzte gezählt.

Die ultraorthodoxen Juden sind die größten Impfgegner in Israel. Sie vertrauen eher ihrer Religion als der Wissenschaft. Ich kann mir jetzt schon ausrechnen, wie die Infektionslage in 14 Tagen aussehen wird. Und dabei ist Israel schon soweit mit seinen Impfungen gekommen.

```
Dienstag, der 04.Mai 2021.
Im Rhein-Kreis-Neuss steigt die Zahl
der Toten auf 312. 1788 Menschen sind
aktuell mit dem Corona-Virus infiziert.
```

„Impfen im Brennpunkt" lautet die neue Initiative, mobile Impfzentren zu sozialen Brennpunkten in Köln zu bringen, da es dort zu Corona-Hotspots kommt. Mit einer Inzidenzzahl von über 500 gehört Chorweiler zu den am stärksten betroffenen Stadtteilen Kölns. Ein Impf-Bus ist seit Montag, den 3.Mai im Einsatz. Es bilden sich lange Schlangen, denn jeder, der will kann ohne vorherige Anmeldung eine Impfung bekommen. Für die erste Woche stehen 1000 Dosen zur Verfügung. Aber schon nach drei Tagen wird klar, dass diese Mengen nicht ausreichen. Es muss mehr Impfstoff her. Der Antrag an das Land für mehr Impfstoff wird bewilligt. Schon am Abend werden übriggebliebene Impfdosen aus anderen Zentren oder Praxen nach Köln gebracht. Auch der Impfstoff Johnson & Johnson wird verabreicht. Der hat den Vorteil, dass er nur einmal gegeben werden muss. Man hofft, dass Wohnungs- und Obdachlose damit erreicht werden können.

```
Donnerstag, der 06.Mai 2021.
Der Bund hebt die Priorisierung bei dem
Impfstoff AstraZeneca auf. Alle
```

Personen, die wollen, können sich mit
AstraZeneca impfen lassen.

Muttertag und Vatertag liegen in diesem Jahr nur vier
Tage auseinander. Obwohl das Wetter an beiden
Tagen mitspielt, ist es ungewöhnlich still auf der
Straße. Es gibt keine Bollerwagen-Fahrten mit
ausgelassenen und trinkfreudigen Vätern. Ich
beobachte von meinem Balkon aus allerdings sehr
viele Fahrradfahrer, die einen Ausflug machen.
Entweder reine Männergruppen oder auch Familien
mit ihren Kindern. Das ist doch auch schön.
Ganz langsam sinken die Inzidenzzahlen. Immer
mehr Menschen lassen sich impfen. Bis heute sind
10% der Deutschen vollständig geimpft. Vor einem
Monat waren es noch 6% der Bevölkerung. Das hat
jetzt positive Auswirkungen auf die Zahlen.

Die dritte Welle ist gebrochen.

In Indien wütet die Pandemie noch immer. Es ist
keine Entspannung der Lage zu spüren. Im Gegenteil.
Waren es bisher die Großstädte Delhi und Mumbai,
die die meisten Corona-Fälle hatten, ist das Virus
mittlerweile auf dem Land angekommen, wo es sich
ungehindert ausbreiten kann. Es gibt Tage, an denen
mehr als 4000 Menschen sterben. Täglich kommen
über 380.000 Infizierte hinzu. Die medizinische
Versorgung ist eine Katastrophe. Es fehlen

Krankenhäuser, es fehlen Intensivbetten, Ärzte und Pflegepersonal.

Sonntag, der 16.Mai 2021.
Seit dem Wochenende gibt es in einigen Bundesländern erste Lockerungen in der Außengastronomie. Der 7-Tages-Inzidentwert liegt in Deutschland bei 83,1.

Endlich bessert sich die Lage deutschlandweit. Vielleicht liegt das auch daran, dass alle Schulkinder und auch Kitakinder zweimal in der Woche auf Corona getestet werden. Für die Kleinen gibt es einen Lolli-Test. Damit will man erreichen, dass sich alle Kinder testen lassen. Über einen Lolli freut sich schließlich jedes Kind. Das geht folgendermaßen: die Kinder müssen dreißig Sekunden lang an einem Teststäbchen lutschen und ihn dann in eine Lösung stecken. Klingt ganz einfach, schmeckt aber nicht, wie ich von meinen Enkeln weiß. Die Enttäuschung über den Geschmack ist den Kindern anzusehen.
So ganz langsam können wir über einen möglichen Sommerurlaub nachdenken. Die Bevölkerung scheint sehr impfwillig zu sein. Es geht zügig voran. Wer hätte das gedacht? Täglich werden mehr als eine Million Menschen geimpft. Mittlerweile sind 13% der Deutschen vollständig geimpft.
Das ist Grund für Armin Laschet, den Schulen ab dem 31.Mai 2021 voraussichtlich wieder Präsenzunterricht zu gewähren. Einzige

Voraussetzung: die 7-Tages-Inzidenz liegt stabil unter 100.

Im Moment liegt sie in NRW bei 74,1. Die besten Werte gibt es in Coesfeld (24) und Münster (17,8), die schlechtesten in Leverkusen (118).

Im Rhein-Kreis-Neuss liegt der Wert bei 89,2.

Stand: 21.Mai 2021.

Wir Deutschen sind ja bekannt dafür, schwierige oder lange Wörter abzukürzen.

Die AHA-Regeln gelten immer noch. Aber jetzt kommen die 3G-Regeln hinzu. Was soll das bitteschön sein? Na ganz einfach: Genesen, Getestet und Geimpft.

Wer ein „G" nachweisen kann, dem stehen bald überall Türen und Tore offen. Der darf verreisen, einkaufen gehen, Restaurants besuchen. Muss keine Negativtests vorlegen, braucht nicht in Quarantäne zu gehen nach einem Auslandsurlaub. Ist das nicht toll? Ein „G" möchte jeder haben.

So, und jetzt kommt's. Jetzt können wir von unserem Gesundheitsminister noch einiges aus der Mathematik lernen, was uns in der Schule vorenthalten wurde. Herr Spahn hat eine Formel selbst entwickelt. Man höre und staune. Hat er mal Mathe studiert? Ich habe so eine Formel noch nie gesehen, geschweige denn ausprobiert. Sie nennt sich:

Corona- Ansteckungs- Vermeidungsformel.

Allein das Wort ist schon der Kracher! Ich sehe Herrn Spahn mit vor Stolz geschwollener Brust vor den

Kameras sitzen und seine Formel vorstellen. Seine Augen strahlen vor Freude.

AHA + A + L – 3G = niedrige Infektionszahl

„AHA" kennt ja mittlerweile jeder, oder? Oder nicht? Abstand-Hygiene-Atemschutzmaske. Das „A" steht für die Corona-Warn-App, das „L" steht für Lüften, „3G" für getestet, geimpft, genesen.
Wir müssen nur diese Formel befolgen, schon wird das Virus verschwinden, so Spahn. Wir sind auf einem guten Weg. Die Infektionszahlen befinden sich im freien Fall. Wie gut, dass wir so schlaue Minister haben.

Sonntag, der 23.Mai 2021.
Die 7-Tages-Inzidenz im Rhein-Kreis-Neuss liegt seit sieben Tagen unter 100. Ab Pfingstmontag wird daher die Bundesnotbremse aufgehoben.

Das bedeutet, dass die nächtliche Ausgangssperre ab morgen aufgehoben wird. Eigentlich schade. Ich habe mich mittlerweile sehr an die Ruhe auf der Straße gewöhnt.
Anstelle der Bundesnotbremse tritt jetzt wieder die **Corona- Schutzverordnung für NRW** in Kraft. Das bedeutet folgendes:
- „**Kontaktbeschränkungen** im öffentlichen Raum: Es sind Treffen von einem Hausstand plus einer Person oder bis zu fünf

Personen aus zwei Haushalten möglich. Kinder unter 14 zählen nicht. Vollständig Geimpfte und Genesene werden nicht mitgezählt.

- **Einzelhandel**: Alle Geschäfte dürfen öffnen. Geschäfte, die nicht zur Grundversorgung zählen, dürfen eine begrenzte Anzahl an Kunden mit negativem Schnelltest einlassen. Ohne Terminbuchung.
- **Gastronomie**: Der Betrieb von Außengastronomie ist zulässig mit negativem Testergebnis.
- **Sport**: Kontaktloser Sport im Freien ist mit bis zu 20 Personen erlaubt. Kontaktsport im Freien in Gruppen ist analog zur Kontaktbeschränkung erlaubt. Auch hierbei gilt: Vollständig Geimpfte und Genesene werden nicht mitgezählt. Freibäder dürfen zur Sportausübung mit negativem Testergebnis besucht werden (keine Liegewiesen)
- **Freizeit**: Kleinere Außeneinrichtungen wie Minigolfanlagen und Kletterparks dürfen öffnen.
- **Kultur**: Konzerte im Freien dürfen mit maximal 500 Personen mit negativem Testergebnis stattfinden. Museen, Ausstellungen und Ähnliches können mit vorheriger Terminbuchung besucht werden.

- **Beherbergung**: Private Übernachtungen in Ferienwohnungen, auf Campingplätzen und in Hotels sind mit negativem Testergebnis zulässig.
- **Körpernahe Dienstleistungen** sind unter strengen Auflagen wieder ohne Schnelltest erlaubt. Körpernahe Dienstleistungen, bei denen nicht oder nicht dauerhaft ein Mund-Nasenschutz getragen werden kann, sind nur mit negativem Testergebnis zulässig.

Unverändert gilt die Maskenpflicht z.b. in Geschäften, ÖPNV und Fußgängerzonen. Kindergärten verbleiben im eingeschränkten Regelbetrieb. Schulen verbleiben im Wechselunterricht mit zwei Testungen pro Woche.

Geschäfte der Grundversorgung bleiben ohne Testvorlage oder Terminbuchung mit eingeschränkter Besucherzahl geöffnet. Dazu zählen der Lebensmitteleinzelhandel, Getränkemärkte, Kioske, Wochenmärkte für Lebensmittel und Güter des täglichen Bedarfs, Apotheken, Reformhäuser, Sanitätshäuser, Babyfachmärkte und Drogerien, Tankstellen, Banken und Sparkassen sowie Poststellen, Zeitungsverkaufsstellen, Tierbedarfs- und Futtermittelmärkte, Blumengeschäfte, Großhandel sowie die Abgabe von Lebensmitteln durch soziale Einrichtungen.

- **Allgemein gilt:** Genesene, Geimpft-Genesene und Geimpfte sind nach vollständiger Immunisierung den negativ getesteten Personen in allen Bereichen gleichgestellt. Negativtests sind nur von zugelassenen Schnellteststellen gültig und dürfen nicht älter als 48 Stunden sein."

Quelle: Coronaschutzverordnung – CoronaSchVO Vom 12. Mai 2021

Für den Rhein-Kreis-Neuss gilt die Inzidenzstufe 3. Bis jetzt hat es seit Beginn der Pandemie 341 Tote im Rhein-Kreis-Neuss gegeben. Insgesamt haben sich 17.886 Menschen infiziert. Wollen wir hoffen, dass nicht mehr dazu kommen.

Ab sofort dürfen alle Geschäfte wieder öffnen. Und wir Kunden dürfen ohne Negativtest oder Impfung oder Termin shoppen gehen. Lediglich die Gastronomen bleiben eingeschränkt. Sie dürfen nur ihre Außenbereiche öffnen. Aber immerhin. Es kehrt so etwas wie Normalität zurück.

Normalität? Ist es normal, dass es zahlreiche Betrugsfälle in Testzentren gibt? Es werden zum Beispiel 70 Personen am Tag getestet, aber es werden 1000 Tests von diesem Testzentrum am Tag abgerechnet. So können sich die Betrüger ein ganz schönes Sümmchen beiseitelegen. Immerhin werden die Tests sehr gut von der Kassenärztlichen Vereinigung bezahlt. 18,00Euro pro Corona-Test. Es fehlen aber Kontrollen bei der Abrechnung. Was für eine Steuerverschwendung. „Die Gesundheitsämter vor Ort sollen in die Verantwortung genommen werden", so Gesundheitsminister Spahn.

Ein zweiter Punkt ist die Qualität des Testens. Es wird vermutet, dass viele Schnelltests nicht ordnungsgemäß durchgeführt werden.
Der Vorstand der deutschen Stiftung Patientenschutz Eugen Brysch sagt: „Wenn man ohne leichten Würgereiz oder ohne eine Träne aus einem Test kommt, dann kann es kaum gut gewesen sein."
Da hat er wohl recht.
Ab sofort sollen die seltsamen Namen der Virus-Mutanten umbenannt werden. Es hat wohl Beschwerden gegeben, dass die bisherigen Bezeichnungen diskriminierend für das Land seien.
So sollen die Mutationen nicht mehr „englische Virusvariante" oder „südafrikanische Virusvariante" heißen, sondern einen griechischen Buchstaben bekommen, je nach ihrem ersten Auftreten.
B.1.1.7 die Englische Variante wird zu Alpha
B.1.351 die Südafrikanische Variante wird zu Beta
P.1 die Brasilianische Variante wird zu Gamma
B.1.617.2 die Indische Variante wird zu Delta.

Langsam übertreiben unsere Minister aber. Sollen wir jetzt auch noch Griechisch lernen?

Montag, der 31.Mai 2021.
Ab heute gibt es wieder
Präsenzunterricht für alle Schüler ohne
Begrenzung der Personenzahl.

Um 8 Uhr beginnt der Unterricht an den Schulen, die Kitas haben ebenso geöffnet. Bevor es losgeht, heißt es: „Leck mich." Die lieben Kleinen lutschen 30 Sekunden lang an ihren Lollis, testen sich damit auf Corona, dann beginnt der Unterricht. Endlich sehen sich alle Schüler wieder. Nur noch fünf Wochen in NRW, dann sind die Sommerferien. Zu wenig Zeit, um den verpassten Lernstoff aufzuholen.

Heute ist es soweit. Meine Zweitimpfung steht an. Die sechs Wochen sind rum. Vor der Praxis stehen schon etliche Leute, die darauf warten, auch geimpft zu werden. Es ist nicht klar, ob man klingeln soll oder ob man einfach eintreten soll oder ob man geduldig warten soll bis man hereingebeten wird. Diese Unsicherheit sorgt für einige Unruhe. Schließlich möchte man ja nichts falsch machen. Und dann kommt doch tatsächlich so ein junger Schnösel, drängt sich an allen vorbei und will ohne Zögern die Praxis betreten. Na dem haben wir es aber gegeben. Vordrängeln geht gar nicht. Was ihm denn einfalle? Schließlich würden wir alle warten. Er ist seltsamerweise ganz gelassen. Als er endlich zu Wort kommt, hören wir ihn nur sagen, dass er hier in dem Haus wohne und gar kein Patient sei. Wie peinlich.

Nach etwa 20 Minuten bin ich dran. Ein neuer strahlend gelber Impfausweis liegt für mich bereit. Kostet 2 Euro. Die Impfung ist schnell erledigt, der Stempel ist im Impfpass, ich kann gehen. Allerdings soll ich noch 15 Minuten warten, falls es eine Impfreaktion geben sollte. Gibt es aber nicht. Juchhu. Ich hab's geschafft. Ich bin vollständig geimpft. Endlich kann ich ein „G" vorweisen. Ich strahle vor Freude, als hätte ich eine schwierige Prüfung geschafft. Mir wird von allen Seiten gratuliert. Verrückt.

Montag, der 7.Juni 2021.
Die Priorisierung für die Impfungen wird bundesweit aufgehoben. Dies gilt hauptsächlich für die Arztpraxen und Betriebe, in denen geimpft wird.

Wie so häufig geht es nur zögerlich los, denn es fehlen die Impfstoffe. Dennoch behaupten die Virologen, dass wir nur durch das Impfen Corona besiegen können. Aber irgendwie ist eine Impfmüdigkeit in der Bevölkerung entstanden. Termine werden nicht eingehalten und nicht abgesagt. Erste Impfdosen müssen weggeschmissen werden, weil die Patienten nicht gekommen sind. Es wird überlegt, ob die Menschen ihre Impfung bezahlen müssen, wenn sie unentschuldigt den Impftermin nicht antreten.
Am Abend höre ich im Fernsehen, dass es in einer Woche den digitalen Impfausweis geben soll. Ich bin

gespannt. Diesmal werden die Apotheken in die Pflicht genommen. Es soll folgendermaßen funktionieren: Menschen, die bereits zweimal geimpft worden sind und vierzehn Tage abgewartet haben, gehen mit ihrem Impfpass in die Apotheke. Dort werden Name, Anschrift, Impftermin etc. aufgenommen und an das Robert-Koch-Institut weitergeleitet. Wenn alles gut geht, antwortet das RKI binnen weniger Minuten und verschickt einen persönlichen QR-Code an den Apotheker. Der Geimpfte speichert sich diesen Code auf seinem I-Phone oder lässt sich diesen Code ausdrucken. Das hört sich ja ganz einfach an.

Donnerstag, der 10.Juni 2021.
Früher als angekündigt kann die CovPass-App ab sofort herunterladen werden.

Leider klappt es mal wieder nicht so richtig mit dem Barcode. Die Leitungen zum RKI sind überlastet und brechen zusammen.
Mittlerweile tummeln sich auf meinem Handy zahlreiche Apps. Die Corona-Warn-App, die Luca-App, die CovPass-App und die App SafeVac. Jede App hat ihre Vor- und Nachteile. Alle Apps zusammen müssten perfekt für einen Rundumschutz sein.
Das Tollste: ich habe bisher erst einmal von der SafeVac Gebrauch gemacht. Dort musste ich direkt

nach meiner Impfung Angaben zu möglichen Nebenwirkungen machen. Bei der Corona-Warn-App vergesse ich fast immer Bluetooth einzuschalten. Deshalb werde ich auch nie gewarnt vor infizierten Menschen, die in meiner Nähe waren. Die Luca-App kann ich eigentlich schon wieder löschen, denn ich bin ja schon zweimal geimpft worden und kann mir noch in dieser Woche meinen Barcode abholen und in der CovPass-App speichern. Heute, am 16.Juni 2021 steht ein Geburtstag an. Die Corona-Warn-App wird ein Jahr alt. Herzlichen Glückwunsch!

Diese Glückwünsche wurden heute früh auf WDR2 ausgesprochen.

So weit ist es schon gekommen, dass wir einer App Glück wünschen und dass wir uns beglückwünschen, wenn wir durchgeimpft worden sind. Verkehrte Welt.

Samstag, der 26.Juni 2021.
Ab heute ist die Impf-Priorisierung überall aufgehoben. Es dürfen sich ab sofort alle über 16-Jährige impfen lassen.
Nicht nur in den Praxen, sondern auch in den Impfzentren.
Die Inzidenzzahlen sind so niedrig wie schon lange nicht mehr. Heute liegt der Wert bei 5,9.

Trotz der positiven Entwicklung warnen täglich die Gesundheitsexperten vor der bedrohlichen Delta-

Variante, die sich rasant ausbreitet. Schon wieder ist von exponentiellem Wachstum der Infektionszahlen die Rede.

Gut, dass die Delta-Variante hauptsächlich in England, Portugal und Russland auftritt. Da haben wir doch sicher nichts zu befürchten, oder doch?

```
Dienstag, der 29.Juni 2021.
Ab sofort müssen Menschen, die aus
Portugal einreisen, 14 Tage in
Quarantäne, egal ob sie geimpft,
genesen oder getestet sind. Portugal
ist ein Virusvariantengebiet.
```

Für viele Urlauber ist das eine Katastrophe, denn sie haben nur die Wahl, rechtzeitig nach Hause zu fliegen, also am Montag, oder den Urlaub für 14 Tage zu verlängern. Das wiederum werden viele Arbeitgeber aber nicht mitmachen. Wie ernst die Lage in Portugal ist, zeigt ein Bericht aus der Hauptstadt. Lissabon ist von der Außenwelt abgeriegelt. Niemand darf die Stadt verlassen oder in die Stadt hineinkommen. Die Delta-Variante greift um sich.

Das Resultat: am Montag schnellen die Preise für einen Rückflug nach Deutschland in die Höhe. Alle wollen so schnell wie möglich das Land verlassen.

Und dann das: keine sechs Tage später werden die Virusvariantengebiete Portugal, Russland und England zu Hochinzidenzgebieten runtergestuft, obwohl sich täglich fast 25.000 Menschen neu infizieren. Kann mir mal einer erklären, was das soll? Stecken vielleicht die Reiseveranstalter dahinter? Delta hin oder her? Oder die UEFA? Denn die Europameisterschaft läuft munter weiter mit tausenden Zuschauern.

Bisher sagte man immer, dass Geld die Welt regiert, aber so ist es nicht mehr. Es ist das Corona-Virus. Nur verstehen das noch nicht alle Politiker.

Morgen ist Zeugnisausgabe für die Schulen in NRW. Dann beginnen die Sommerferien. Ich bin gespannt, was in dem ersten Zeugnis (2.Schuljahr) meines Enkels alles bewertet wird, schließlich war er über viele Wochen gar nicht in der Schule, sondern musste seine Hausaufgaben alleine machen. Beteiligung am Unterricht: mangelhaft bzw. nicht vorhanden?

Am Freitagnachmittag sehe ich das Zeugnis und bin erstaunt, dass es erstens schon Noten gibt (obwohl doch kaum eine Klassenarbeit geschrieben wurde) und dass zweitens so viele Details bewertet worden sind. Was soll's. Mein Enkel ist stolz wie Oskar. Er ist versetzt worden und darf nach den Sommerferien in die dritte Klasse gehen.

Jetzt also gibt es 6 ½ Wochen Ferien. Da stellen sich viele Fragen. Wo sollen wir Urlaub machen? Wo sind wir sicher vor dem Virus? Wo benötige ich einen Test und wo nicht?

Die Antwort: keine Ahnung. Es gibt keine Sicherheit. Jeder muss für sich selber entscheiden, welches

Risiko er eingehen will. Wie gesagt: zu Hause ist es auch schön, bzw. in unserem Land.

```
Donnerstag, der 8.Juli 2021.
Die Landesregierung von NRW passt ab
Freitag die Coronaschutzverordnung an.
In Regionen mit einer Inzidenz von 10
oder   weniger   werden   bestehende
Maßnahmen   drastisch   reduziert.
Schützenfeste oder Großveranstaltungen
werden wieder erlaubt.
```

Wars das?

Es sieht so aus, als hätten wir es geschafft, das Virus klein zu kriegen!
Es gibt kaum noch Sondersendungen nach der Tagesschau. Das ist wohl auch ein gutes Zeichen. Vielleicht haben wir das Schlimmste hinter uns.

Wie wird unsere Zukunft aussehen? Wir werden uns auf eine dritte Impfung in ein paar Monaten einstellen müssen. Und auf eine vierte Welle im Herbst. Und auf eine neue Virusvariante Epsilon - möglicherweise.
Wer weiß? Die kommt dann aus Pusemuckel

In stillem Gedenken an

4.070.341 Tote

(Stand: 17.Juli 2021)

Die Dunkelziffer dürfte dreimal so hoch sein.

Folgende Bücher sind von der Autorin im BoD-Verlag erschienen:

- „Ruhestand- Ab morgen habe ich Zeit", 2016

ISBN 9783739232966

- „Der Duft der großen weiten Welt", 2017

ISBN 9783744802536

- „Bitte 1,5 Meter Abstand halten", 2020

ISBN 9783751958509